कहानी-संग्रह

दोनों आसमानों के रंग

ज़किया ज़ुबैरी

दोनों आसमानों के रंग

राजकमल प्रकाशन

ISBN : 978-81-19835-78-2

मूल्य : ₹395

पहला संस्करण : 2023

प्रकाशक : राजकमल प्रकाशन प्रा. लि.
1-बी, नेताजी सुभाष मार्ग, दरियागंज
नई दिल्ली-110 002
शाखाएँ : अशोक राजपथ, साइंस कॉलेज के सामने, पटना-800 006
पहली मजिल, दरबारी बिल्डिंग, महात्मा गांधी मार्ग, प्रयागराज-211 001
1, अनमोल सोराबजी संतुक लेन, धोबी तलाव, मरीन लाइंस, मुम्बई-400 002
वेबसाइट : www.rajkamalprakashan.com
ई-मेल : info@rajkamalprakashan.com

मुद्रक : विकास कंप्यूटर एंड प्रिंटर्स
ट्रॉनिका सिटी-201 102

DONON ASMANON KE RANG
Stories by Zakia Zubairi

दोनों आसमानों के रंग

क्रम

और...ब्लॉसम सूख गए

"हेलो मिस्टर ब्राउन।"

"आप सामने वाले घर में रहती हैं ना?" मिस्टर ब्राउन ने जैसे पहले से तय कर रखा था कि जब भी मौक़ा मिलेगा पहला सवाल यही करेंगे।

जीना ने मुस्कराते हुए कहा, "जी हाँ।"

"आपके डैडी से मुलाक़ात होती रहती है जब वे ऑफ़िस जाने को निकलते हैं। दो-चार मिनट बात तो हो ही जाती है।"

"जी, वो-वो-मेरे डै-डैड-डैडी नहीं हैं। दरअसल, मेरे पति हैं वे!"

"ओह! आई ऐम सॉरी। मुझसे ग़लती हो गई!"

उनका चेहरा शर्मिंदगी से लाल हो गया। गोरे रंग का एक ये नुक़सान है कि थोड़ी सी बात गड़बड़ हुई और गोरा आदमी तरबूज का गूदा बन जाता है। जीना ने कहा, "मिस्टर ब्राउन, आप इतने शर्मिंदा न हों। मेरे साथ ऐसा होता रहता है। अब तो मैं आदी हो गई हूँ।" मिस्टर ब्राउन चुप न रह सके, मन की बात कह ही दी, "मगर वो तो आपसे काफ़ी बड़े दिखते हैं। एक बात बताइए, माता-पिता की पसन्द थी या आपने ख़ुद ही चुना उनको?"

"मिस्टर ब्राउन, जब मेरी शादी हुई थी, उन दिनों अपनी पसन्द बताना गुनाह माना जाता था। अगर हिम्मत करके किसी लड़की ने मुँह खोल दिया तो बस

समझिए कि मुसीबत आ गई, सवालों की बाढ़ आ जाती थी।"

"कैसे सवाल?" मिस्टर ब्राउन ने चौंकते हुए पूछा।

"कहाँ मिलीं, कैसे मिलीं, कितनी बार मिलीं, लड़का बदमाश लगता है, शरीफ़ घरों की लड़कियों को फँसाता है। उसका नाम-पता दो उसके घरवालों से उसकी शिकायत की जाएगी।"

"मेरी समझ में नहीं आ रहा है कि आपके समाज में ऐसा क्यों होता है। रहना तो आप दोनों को साथ था। क्या माता-पिता पहले ख़ुद साथ रहकर ठोंक-बजाकर देखते थे कि लड़का किसी काम का है या नहीं!"

यह कहकर मिस्टर ब्राउन शरीर सी मुस्कराहट के साथ जीना को देखने लगे। जीना को कुछ बुरा तो लगा मगर कहीं कुछ अच्छा भी लगा। उसको माँ-बाप से शिकायत थी कि क्यों उसकी शादी इतनी जल्दबाज़ी में करके उसे अपने मुल्क से देश निकाला दे दिया और उस पर सितम यह कि पति साहब को उसके देश से चिढ़ थी, नफ़रत करते थे उसके प्यारे से देश से।

"अरे आप चुप क्यों हो गईं। क्या मैंने कुछ ग़लत कह दिया?"

जीना चुप रही, केवल मुस्करा भर दी।

"आपकी मुस्कराहट बहुत प्यारी है।"

"जी थैंक्स।" कहकर वो आगे बढ़ने लगी तो मिस्टर ब्राउन ने उससे नाम मालूम करना चाहा, उसने 'जीना' कहकर फिर एक क़दम बढ़ाया तो वे फिर बोले कि ये नाम किस भाषा का है। उसने कहा हिन्दुस्तानी भाषा और इस बार बस भाग जाना चाहती थी कि वे फिर बोल उठे।

"ये नाम तो हमारी अंग्रेज़ी भाषा में भी होता है।" मिस्टर ब्राउन ने जल्दी से एक और वाक्य उछाला, जैसे डर हो कि जीना ग़ायब न हो जाए।

"आपकी भाषा में इस नाम का मतलब क्या होता है?" जीना ने पूछ लिया।

"कोई ख़ास मतलब नहीं, नाम के मतलब से क्या मतलब ये तो बस एक नाम है।"

"हमारी भाषा में अधिकतर नामों के मतलब होते हैं...जैसे मेरे नाम का मतलब है, 'जीवन', 'ज़िन्दा'।"

"क्या आपके यहाँ 'मुर्दा' नाम भी होता है?"

"हाँ होता है, जब कोई मर जाता है तो उसका नाम मुर्दा हो जाता है!"

मिस्टर ब्राउन ज़ोर से हँस पड़े, "वेल सेड!" कहकर ख़ामोश हो गए और जीना तक़रीबन दौड़ती हुई आगे बढ़ गई। वह पार्क की ओर जा रही थी, सैर करने। पति को रुख़सत करके वो सैर करने निकल जाती है क्योंकि यही पल तो उसके अपने होते हैं। जब वह अपने आपको आज़ाद पंछी महसूस करती, तरह-तरह के हरे रंगों के दरख़्त और उनके मोटे और मज़बूत जवान तनों और पत्तों से भारी लचकीली शाखों की तरफ़ से आती हवा की सरसराहट उसके दिल की धड़कन को तेज़ कर देती। वो और तेज़ चलने लगती जितना तेज़ चलती हवा भी उतनी ही तेज़ी से उसे स्पर्श करती उसके काले रेशमी बालों को छेड़ती कभी आगे और कभी पीछे से चुपके से आकर बालों को उड़ाती और फूलों की ख़ुशबू में बसा प्यार पेश करके खो जाती। उसके शरीर में एक झुरझुरी-सी आ जाती एक बार फिर से जवान होने का एहसास उसके गिर्द चिमट जाता। पार्क में भी वो सीधी जाकर अपनी उस लकड़ी की बेंच पर टेक लगाकर बैठ जाती सर भी पीछे टिकाकर आँखें आधी बन्द और आधी खुली। लम्बी-लम्बी पलकों पर जमी हुई उसकी थकन नज़र आती दर्द झाँक रहा होता मगर चिड़ियों की चहचहाहट उसकी थकान को अपने सुरों के साथ उड़ा ले जातीं और फिर हवा में गोता लगाती हुई वापस आतीं और नीचे को उतर आतीं। ऐसे चक्कर बार-बार लगाकर जैसे जीना को जीना सिखातीं और मजबूर कर देतीं उसको अपने सपनों से बाहर निकल आने को। वह बारिश में नहाई गुलाब की पंखड़ियों की तरह पवित्र और भगवान के चरणों में जाने को बेताब महसूस करती और तेज़ी से खड़ी हो जाती अपनी सैर शुरू करने के लिए। अभी तो वापस जाकर घर के सारे काम भी निपटाने हैं, मन ही मन मुस्कराती, मिस्टर ब्राउन के जुमले पर।

सोचती भी है, आख़िर वह इतना डर क्यों जाती है जब कोई उसके पति को उसका बाप समझता है। वो देखने में लगते तो बाप ही हैं!! और वो मुझसे बड़े भी तो हैं इतने कि बाप लग सकें। जितनी तेज़ उसकी चाल थी उससे कहीं अधिक तेज़ थी उसकी सोच की रफ़्तार।

पार्क में वॉकिंग ट्रैक्स बने हुए हैं। जीना उसके सात चक्कर लगाती है तो दो मील हो जाते हैं। फिर घर से पैदल ही जाती और वापस भी आती है।

कुछ लोग कुत्ते भी ले आते हैं। जीना को कुत्तों से डर लगता है। ऐसे में एक तरफ़ बेंच पर बैठकर अनुलोम-विलोम करने लगती है। कुत्तों के हटते ही फिर तेज़ क़दम चलकर सातों चक्कर पूरे कर लेती है। अधिकतर उस पार्क में पति-पत्नी साथ आते हैं या फिर पति बच्चे और कुत्ते साथ लेकर वॉक कराने आते हैं। कुछ वर्षों पहले उसके पति भी साथ आया करते थे। दोनों सवेरे-सवेरे निकल जाया करते थे।

यही बातें सोचते-सोचते घर पहुँच गई। अब सारा दिन घर के काम और शाम होते ही सबको बारी-बारी स्टेशन से लाना और अलग-अलग स्कूलों से लाना, अपने लिए समय ही कहाँ होता है उसके पास। इसीलिए वो पार्क की सैर को इतनी अहमियत देती है।

आज वो मिस्टर ब्राउन के बारे में ही सोचती रही कि मैं भी कितनी उल्लू हूँ जो मुद्दतों मिस्टर ब्राउन को घर और बाहर काम करने वाला हेल्पर समझती रही। काला बदरंगा-सा ढीला-ढाला पतलून ऊपर एक चौखाने की आधी खुँसी और आधी बाहर को लटकती हुई क़मीज़ सर्दियों में उसी के ऊपर एक स्लेटी कम्बल जैसी जैकिट पहन लेना। जीना उन्हें तक़रीबन रोज़ ही शाम-सवेरे देखती थी पर कभी परिचय नहीं हुआ था आज पति ने जाते-जाते उसको भी बुलाकर परिचय करवा दिया था।

अचानक पति महोदय ने कह दिया कि मैं बहुत थक जाता हूँ वॉक पर जाने से दफ़्तर में नींद आने लगती है। जीना अच्छा कहकर चुप रही। ऐसा लगता जैसे

जीना के शरीर में कोई बिजली का बटन फिट हो बस उसको खोलना बन्द करना होता हो। अगर ऐसा न होता तो भारत से आकर यहाँ जीवन बिताना असम्भव हो जाता। वह सोचती अगर कोई विकल्प न हो तो चुप रहकर हालात से समझौता कर लेने में ही अक्लमन्दी है।

पार्क में बहार का मौसम बेहद सुन्दर होता है। चारों तरफ़ हरी-हरी घास, उस घास की ओर देखने से आँखों में ठंडक महसूस होती है। चिड़ियाँ चीं-चीं कर सारे वातावरण को जीवंत बना देती हैं। ज़रा गर्मी बढ़ती तो ब्लॉसम्स अपने-अपने पेड़ों को गुलाबी कपड़ों से सँवारकर दुल्हन बना देते हैं। जिस सड़क पर जीना रहती है वो निजी रोड कहलाती है। सड़क के दोनों ओर हर घर के सामने एक-एक ब्लॉसम का पेड़ लगा हुआ है। एक बार वह सैर से वापस आई तो मिस्टर ब्राउन अपने सामने वाले बग़ीचे में घास काट रहे थे। गर्मियों में घास बहुत तेज़ी से बढ़ जाती है हर सप्ताह काटनी पड़ती है। सर्दियों में दो-दो महीने तक काटने की आवश्यकता नहीं होती। मिस्टर ब्राउन, जीना को देखते ही लॉन काटने की मशीन रोक करके खड़े हो गए। जीना भी 'हेलो मिस्टर ब्राउन' कहकर उनके घर के सामने वाले फ़ुटपाथ पर खड़ी हो गई।

"वॉक कैसी रही जीना? कुत्तों ने परेशान तो नहीं किया?" जीना एक सेकंड को रुकी, सोचने लगी, कितने जीवंत इनसान हैं मिस्टर ब्राउन। बातों को याद रखते हैं। और सबसे वही बात करते हैं जो उनकी मनपसन्द होती है। जीना अक्सर अपने घर की खिड़की से देखती है कि हर आने-जाने वाला मिस्टर ब्राउन से हँस-हँसकर बात करता है। यहाँ तक कि उसके अपने पति भी—जिनको हर समय, वक़्त की कमी महसूस होती है, वो बोलते कम, काम ज़्यादा करते। उससे भी कहीं अधिक अख़बार पढ़ते हैं। घर में चार अख़बार आते हैं—एक उर्दू एक हिन्दी का और दो अंग्रेज़ी के अख़बार आते हैं। जो दिनभर में थोड़ा सा समय बचता तो वे उसका सबसे अच्छा उपयोग अख़बार का उदाहरण दे-देकर वार्तालाप करना समझते थे, यही उनकी हॉबी है। वो सवेरे दस बजे घर से जाते

हैं और रात ग्यारह बजे लौटना होता है। छुट्टी के दिन भी दफ़्तर पीछा नहीं छोड़ता। क्या पता, या वो दफ़्तर का पीछा नहीं छोड़ते मगर मिस्टर ब्राउन के मीठे स्वभाव ने उनको भी अपनी ओर आकर्षित कर लिया है। जीना सोचती है कि मिस्टर ब्राउन ख़ुद भी क्यों कहीं घूमने या किसी के घर मिलने नहीं जाते हैं, मगर इतनी दोस्ती नहीं हुई थी कि ऐसे निजी सवाल पूछने लगती।

एक दिन जब जीना ने बच्चों को लाने के लिए कार निकाली तो उसकी कार के पास तेज़-तेज़ चलकर आए और कहा आज बाईं ओर से जाना, दाहिनी ओर से रास्ता बन्द है। वो तो ये कहकर चले गए पर जीना को फिर सोचने पर मजबूर कर गए कि कैसा फ़रिश्ता इनसान हैं ये मिस्टर ब्राउन। जब बच्चों को लेकर वापस आई तो भी इन्तज़ार में खड़े थे मालूम करने के लिए कि उन्होंने ठीक किया रास्ता बदलवाकर या कहीं कोई मुश्किल तो नहीं हुई। जीना ने बहुत धन्यवाद किया और अपने बच्चों से भी थैंक्स कहलवाया। हालाँकि यहाँ के बच्चों को विस्तार से समझाए बिना एक इंच भी इधर से उधर खिसकाना सम्भव नहीं होता है पर आज उन बच्चों को भी शायद मिस्टर ब्राउन का कोमल स्वभाव पसन्द आ गया था।

जीना बच्चों को लेने जाने से पहले ही तीनों के घर में पहनने के कपड़े निकालकर रख देती है। सैंडविच और दूध मेज़ पर परोस देती है, बच्चे बस सीधे जाकर टीवी के सामने बैठना चाहते हैं। जीना इस मामले में बहुत सख़्त है।

बच्चों को फ़ौरन ऊपर जाकर हाथ-मुँह धोकर कपड़े बदलकर आने को कहती है। पर बेटा फिर भी कोशिश करता कि कोई चक्कर चलाकर जल्दी से टीवी पर अपना प्रोग्राम देखने के लिए बैठ जाए, बाक़ी के काम बाद में भी हो सकते हैं। पर जीना नहीं मानती इस बात को। तो फिर भागता ऊपर, टीवी की आवाज़ तेज़ करके, जीना मुस्कराती रहती है। उसका मानना है कि उस हद तक सख़्ती की जानी चाहिए जितनी बर्दाश्त की जा सके। हद से आगे बढ़ने से अपना अहम बीच में आ जाता है और बच्चे विद्रोही हो जाते हैं।

बच्चों को घर लाने के बाद से जीना रसोई ही में काम करती रहती है। मगर बच्चे अपने काम समय के अनुसार करते हैं। जब पढ़ने बैठते तो जीना ऊपर जाकर देखती कि होमवर्क कर रहे हैं कि नहीं। बच्चों को खिला-पिलाकर सुलाने के बाद पति की प्रतीक्षा करना सबसे कठिन काम होता है। ग्यारह बजे रात को बच्चों को अकेला सोता छोड़कर स्टेशन से पति को लेने जाती है तो उस समय मिस्टर ब्राउन के कमरे की बत्ती जल रही होती है। वह सोचती इतने बूढ़े होने के बावजूद अभी तक जाग रहे हैं और सुबह दस बजे से बाग़ में काम शुरू कर देते हैं।

खिड़की से देखती कि मिस्टर ब्राउन जैसे फूलों से बातें किया करते हैं। उनके सामने वाले बाग़ में एक बड़ा गहरे गुलाबी रंग का फूल है वो उसको अक्सर खड़े होकर देखते-मुस्कराते और हलके से छूकर आगे बढ़ जाते जैसे उसको शाबाशी दे रहे हों उनके बाग़ की रौनक़ बनने की। कभी खुदाई करने लगते तो कभी पानी डालने लगते। उसने सोचा वो भी एक दिन उस फूल को क़रीब से देखेगी। दूर से बहुत सुन्दर बड़ा-सा गुलाब जैसा लगता था।

वह ये भी सोचती क्या मिस्टर ब्राउन अकेले रहते हैं, क्या खाना भी ख़ुद ही पकाते हैं!

उसने सोचा वह ये सवाल अवश्य पूछेगी, अगर वो अकेले रहते हैं तो उनको कभी-कभी खाना पकाकर दे दिया करेगी। इससे भगवान जी अवश्य प्रसन्न होंगे।

उसने ये नहीं सोचा कि मिस्टर ब्राउन प्रसन्न होंगे। उसके लिए हर जगह पहला नम्बर भगवान जी का ही होता है।

एक दिन पति को स्टेशन छोड़ने जाना था तो साथ ही निकली और पति के साथ ही मिस्टर ब्राउन को हेलो कहने चली गई। और तभी अपना प्रश्न भी पूछ लिया कि क्या वे अकेले रहते हैं या खाना पकाने वाला कोई है। उन्होंने कहा, मेरी वाइफ़ खाना पकाती है। अगला सवाल पति ही ने पूछ लिया कि कभी उनको बाहर नहीं देखा क्या बात है वो बाहर क्यों नहीं निकलतीं? मिस्टर

ब्राउन ने काफ़ी दुखी आवाज़ में कहा, "उसे एक अजीब क़िस्म का स्किन कैंसर है...काफ़ी एडवांस स्टेज पर है। बाहर निकलना मना है। हम लोग शाम को कभी-कभी कार से बाहर बेटी के घर चले जाते हैं। उसको अकेले छोड़ नहीं सकता इसीलिए मैं भी कहीं नहीं जाता। आगे और पीछे के गार्डन में टाइम पास करता हूँ। मैं थक जाता हूँ पर समय गुज़रता ही नहीं है। अपने इस एरिया में रहने वाले सभी बहुत अच्छे लोग हैं, उन्हीं से बात करके समय बिता लेता हूँ।"

अचानक वातावरण में एक दर्द का अहसास फैल गया। आज मिसेज़ ब्राउन के बारे में पता भी चला तो दिल में कचोट-सी होने लगी। वैसे यह समय भी क्या चीज़ है जीना के लिए कम पड़ जाता है और बेचारे मिस्टर ब्राउन से काटे नहीं कटता, काश मैं इनसे समय उधार ले पाती! मगर उधार तो उनके दुख लेने चाहिए। अपने भीतर के दर्द को कभी अपनी आँखों तक नहीं आने देते मिस्टर ब्राउन।

"जीना, क्या सोचने लग गईं?"

"कुछ नहीं मिस्टर ब्राउन।"

"ये मिस्टर ब्राउन कौन है?"

"आप, मिस्टर ब्राउन।"

"मैं तो रॉबिन हूँ, मगर तुम रॉब कह सकती हो।"

"आप तो इतने बड़े हैं मुझसे" जीना ने धीरे से कहा कि कहीं मिस्टर ब्राउन बुरा न मान जाएँ।

"तुमसे किसने कहा कि मैं तुमसे बड़ा हूँ।"

अब जीना फँस गई थी, वो घबरा गई उसका चेहरा लाल होने लगा। जल्दी-जल्दी सॉरी-सॉरी कहने लगी। मिस्टर ब्राउन ने जीना के सर पर हाथ रखते हुए कहा, "जीना सुनो, और याद रखो जो लोग तुमसे बड़े हैं उनका नाम लेने से उनकी कोई बेइज़्ज़ती नहीं होती है। एक बराबरी और अपनेपन का अहसास होता है। इज़्ज़त बड़ों और छोटों दोनों को एक-दूसरे की करनी चाहिए।"

"हाँ तो बताओ तुम मुझे क्या कहकर बुलाओगी?"

जीना ने घबराते हुए कहा, "ब्राउन।"

असल में पति के सामने वो घबरा रही थी क्योंकि वो जीना से अपने को पतिजी कहकर सम्बोधित करने को कहते थे। मिस्टर ब्राउन के ये विचार सुनकर जल्दी से बोले, "चलो जीना वरना मेरी ट्रेन छूट जाएगी।" वो जल्दी से कार की ओर भागी और पीछे का दरवाज़ा पति के लिए खोल दिया और अपनी ड्राइवर की सीट पर जाकर बैठ गई और स्टेशन की ओर चल दी। दस मिनट बाद वापस आई तो मिस्टर ब्राउन बाहर ही खड़े थे। जीना जैसे ही कार से बाहर निकली तो उन्होंने जीना को आवाज़ दी। वह अपने घर के अन्दर जाने के बजाय फिर से मिस्टर ब्राउन के पास चली गई।

"मेरा नाम क्या है?" शरारत से मुस्कराते हुए पूछा।

"रॉब" जीना ने जल्दी से जवाब दिया। रॉब हँसने लगे और जीना की पीठ ठोंकी शाबाश-शाबाश कहा। जीना बच्चों की तरह ख़ुश हो गई, और हँसने लगी। "तुम्हारी हँसी बहुत ख़ूबसूरत है, ख़ूब हँसा करो।"

"रॉब अब मैं घर जा सकती हूँ?"

"जीना, तुम्हें पूछने की ज़रूरत नहीं है, एक्सक्यूज़ मी कहो और चली जाओ।" जीना को ये सारा व्यवहार बहुत नया पर बहुत अपना सा, अच्छा लग रहा था।

कितना सरल हो जाता है जीवन बिताना, हम लोग तो हर वक़्त रिश्ते निभाने के चक्कर में ही आधा जीवन गँवा देते हैं। हर वक़्त एक तनाव में रहते हैं। वह सोचने लगी रॉब के साथ इतना कम समय गुज़ारा है और कितना कुछ सीख लिया और उम्र का कोई दबाव भी नहीं। कितनी आसानी से हर बात कह देते हैं, कितनी सादगी और कितना प्यार होता है। जीना सोचने लगी अगर मेरे पिता जीवित होते तो शायद ऐसे ही होते।

खट से एक्सक्यूज़ मी कहकर फट से घर के अन्दर जाने के लिए दरवाज़ा खोल ही रही थी कि रॉब ने आवाज़ दी—

"अरे जीना, एक मिनट के लिए वापस आओ।"

जीना ताले में चाभी लगी छोड़कर वापस दौड़ती हुई रॉब के पास पहुँच गई। जीना की आदत सी बन गई थी दौड़कर हर काम करने की। असल में जब पति आवाज़ देते और जीना आराम से चलती हुई पहुँचती तो वो हमेशा कहते, "ऐसी दुल्हन की चाल चलकर आ रही हो, जैसे पैरों में मेहँदी लगी हो!"

बार-बार ये वाक्य सुनते-सुनते, धीरे-धीरे, तेज़ चलने की, फिर दौड़कर पहुँचने की आदत सी पड़ गई थी।

"जीना, तुमने देखा कि तुम्हारे घर के सामने का ब्लॉसम्स का दरख़्त कितना बड़ा और कितना फूलों से लदा हुआ है!"

जीना ने उस फूलों से लदे दरख़्त को देर तक निहारा और मुस्कराते हुए उत्तेजना भरी आवाज़ में बोली, "सचमुच रॉब मैंने कभी ग़ौर से देखा ही नहीं था।" जीना के चेहरे की मुस्कराहट और गहरी हो गई।

"जीना, ये कोई ख़ुशी की बात तो नहीं है।"

"तो फिर कोई दुख की बात भी तो नहीं है मिस्टर ब्राउन!" जीना ने शरारत से मुस्कराते हुए 'मिस्टर ब्राउन' पर ज़ोर देते हुए कहा।

"फिर मिस्टर ब्राउन कहा!"

"आप जब-जब डाँटिएगा, मैं मिस्टर ब्राउन ही कहूँगी।"

"अच्छा तो तुम नटखट भी हो!"

"जी...ई...ई...!" जीना ने थोड़ा खींचते हुए 'जी' कहा। वह स्तब्ध-चकित थी कि ये मिस्टर ब्राउन हर समय मुझे कुछ न कुछ समझाते रहते हैं, आख़िर क्यों...!

उसने तेज़ी से कहा, "मैं सीधी-सादी महिला हूँ।"

"तुम कोई महिला नहीं हो, तुम एक बच्ची हो, जिसे फलों की तरह 'पाल' डालकर समय से पहले पका दिया गया है जैसे फलों के व्यापारी जल्दी और अधिक पैसा कमाने की लालच में अधपके फल तोड़कर टाट या काग़ज़ में

लपेटकर गर्म जगह में रख देते हैं तो फल जल्दी से पक जाते हैं तुम्हारे साथ यही किया गया है, और याद रखो जीना ये अधूरापन तमाम जीवन बेचैन रखता है।"

जीना कुछ क्षणों के लिए चुप रही फिर बात बदलते हुए बोली, "रॉब, आप ब्लॉसम्स की बात कर रहे थे। मुझे ब्लॉसम्स बेहद सुन्दर लगते हैं। मैं पूरे साल वसंत ऋतु की प्रतीक्षा बड़ी बेचैनी से करती हूँ। जब इन पेड़ों में हल्के हरे रंग की नन्ही-मुन्नी कोंपलें फूटना शुरू हो जाती हैं और धीरे-धीरे कत्थई रंग की शाखाएँ चोला बदलने लगती हैं और हरी-हरी हो जाती हैं फिर उनमें गुलाबी रंग शामिल हो जाता है, और अचानक एक सुबह हरी-हरी पत्तियों की गोद में हल्के और गहरे गुलाबी फूल लिपटकर बैठ जाते हैं, और जैसे ही धूप निकलती है पूरी सड़क पर जोबन-सा आ जाता है। दोनों ओर के पेड़ एक-दूसरे से ऐसे चुपके-चुपके मिलने और झूमने लगते हैं जैसे बरसों से बिछड़े प्रेमी। पूरी सड़क फूलों के गहने पहने दुल्हन-सी बन जाती है।"

जीना, एक साँस में बोले जा रही थी और रॉब उसको प्यार भरी नज़रों से देखते और सुनते जा रहे थे।

"जीना, तुम कवयित्री हो क्या?"

"मैंने ऐसा क्या कह दिया रॉब जो अब आपने ये सवाल उठा दिया?"

"जीना तुम्हारे अन्दर एक चिंगारी महसूस कर रहा हूँ। अपने लिए समय निकालो कुछ लिखा-पढ़ा करो। कभी कॉफ़ी का मग लेकर अपने बाग़ में चुप बैठ जाया करो एक कॉपी-पेंसिल लेकर। मैं तुमसे मिला तो अब हूँ तुमको बरसों से आते-जाते देखा करता हूँ। मैं और मेरी वाइफ़ जब हम खिड़की के पास बैठकर कॉफ़ी पीते थे तुमको हमेशा भागते हुए देखा करते थे। मेरी वाइफ़ ने ही मुझसे कहा, देखो ये बच्ची कैसे सारा दिन दौड़ती रहती है।"

"चार-चार बच्चे हैं तो फिर उनके लिए कौन दौड़ेगा।"

"चार बच्चे हैं, हमने तो तीन ही देखे हैं।"

"एक आप लोगों के उठने से पहले ही बेबी-सिटर के पास छोड़ आती हूँ।"

"बेचारा बच्चा और तुम पर तो तरस आता है।"

जीना को बेचारी शब्द से चिढ़ है, और कोई उस पर तरस खाए, इसके लिए वह तैयार नहीं है। वह हमेशा से एक मज़बूत औरत बनकर जीना चाहती है... सहानुभूति जैसे इमोशन की उसके जीवन में कोई जगह नहीं है। सहानुभूति इनसान को कायर बना देती है, उसके अरमानों में ज़ंग लगा देती है एक महत्त्वाकांक्षी इनसान कमज़ोर पड़ जाता है।

उसने कहा, "रॉब मैं बेचारी नहीं हूँ। मैं कोई मजबूर इनसान नहीं, बल्कि एक मज़बूत औरत हूँ, और हर क़दम को सोच-समझकर उठाती हूँ। क्योंकि मैं हर चुनौती का सामना करना चाहती हूँ।"

रॉब का चेहरा ख़ुशी से खिल उठा उसने हाथ फैला दिया जैसे कह रहा हो 'दे ताली!!'

जीना ने उसके हाथ पे जोर से हाथ मारा और हँसने लगी, "मगर रॉब आपको याद है न हम ब्लॉसम्स की बात कर रहे थे? मैं आपसे ये मालूम करना चाहती हूँ कि ये क्या बात हुई कि हमारे घर के सामने वाला पेड़ इतना कमज़ोर और छोटा सा क्यों है?"

"तुम्हारे ही जैसा तो है।" यह कहकर रॉब हँसने लगे।

"तो आपका क्यों इतना लम्बा-चौड़ा गबरू जवान जैसा है! आप जैसा क्यों नहीं है?"

"ओ माई गॉड! जीना तुम तो कमाल की लड़की हो। मैं तुमको ग़लत समझ रहा था।"

"नहीं, ऐसा नहीं है रॉब, आपने मेरी जो ग़लतियाँ सुधारी हैं वो बाक़ायदा मुझमें थीं। मगर कभी किसी ने नहीं बताई थीं!"

"अच्छा मैं वादा करता हूँ पता लगाकर ही रहूँगा कि तुम्हारा वाला पेड़ क्यों बीमार-बीमार सा लगता है...!"

उस दिन जीना को बाहर देखकर रॉब भी निकल आए। अब वो कभी-कभी

ही बाहर नज़र आते हैं। जीना को भी अब हर समय दौड़ना नहीं पड़ता है। बच्चे यूनिवर्सिटी और कॉलेज जाने लगे हैं। आज अच्छी धूप निकली तो और लोग भी बाहर निकले हुए हैं।

"जीना, अब तो तुम्हारी नौकरी ख़त्म हो गई अब क्या करती रहती हो?"

"नौकरी तो अब शुरू हुई है। उसी का तो खाती हूँ।" पहली बार रॉब को जीना की बात समझ में नहीं आई। वे इस बात को टाल गए। ये लोग बात को कुरेदते नहीं, हालाँकि जीना स्वयं चाहती थी कि रॉब को बताकर दिल हल्का कर ले, पर उन्होंने पूछा ही नहीं।

रॉब ने कहा, "जीना, अपनी ये सड़क देखो किस क़दर सुन्दर लग रही है, जैसे कोई युवती नहाकर श्रृंगार करके निकली हो। ये फूल भी कितनी रौनक़ और सुन्दरता पैदा कर देते हैं।"

"मगर इनका जीवन बहुत छोटा होता है। तीन-चार दिन में ये झड़ना शुरू कर देते हैं।"

"हाँ जीना, हमारे जीवन ही की तरह होता है। कुछ पता नहीं कब उठे और चले गए।"

"आज आप बहुत उदासी भरी बातें कर रहे हैं।"

"मेरी वाइफ़ की तबीयत बिगड़ती जा रही है। यह सोचकर ही डर लगता है कि अगर वो चली गई तो मैं अकेले कैसे जीवन बिताऊँगा।"

जीना को रॉब का ये कहना बहुत अजीब सा लगा क्योंकि उसको ये अहसास ही नहीं था कि पति-पत्नी में से एक के चले जाने से अकेलापन कैसे हो सकता है! हाँ, यह सम्भव है कि जीवन थोड़ा आसान और अपनी ख़ुशी से जीने लायक हो जाए। वो चुप खड़ी इन तानों-बानों में उलझी हुई थी कि रॉब जाने के लिए मुड़ गए। एकदम से जीना ने आवाज़ दी।

"रॉब ज़रा रुकिए, मुझे ये बताते जाइए कि आजकल जो ये सुन रहे हैं कि कोई कोरोना नाम का वायरस निकला हुआ है इससे कैसे निपटा जाए?"

जीना ने आज पहली बार रॉब से ख़ुद पूछा, क्योंकि इस तरह की तमाम जानकारी रॉब जीना को बग़ैर पूछे ही दिया करते थे। रॉब ने तो जीना को जीने के अर्थ समझा दिए थे, पर आज वे सच में उदास थे अपनी पत्नी, अपनी जीवनसाथी, अपनी दोस्त की बीमारी को लेकर चिन्तित!"

"जीना, परेशान होने की ज़रूरत नहीं है। असल में सरकार को दो सप्ताह पहले 'लॉकडाउन' का ऑर्डर निकाल देना चाहिए था पर सरकार अभी भी विचार कर रही है। मगर तुम जीना अब से घर ही में रहना शुरू कर दो। बाहर बिलकुल मत निकलना। और हाँ, तुम्हारे तो पति रोज़ काम पर जाते हैं और सबके सम्पर्क में आते हैं इसलिए तुम उनसे भी दूरी बनाकर रखो।"

यह कहकर रॉब के होंठों पर वही शरारत खेलने लगी जैसे वो जीना को छेड़कर मुस्कराया करते थे। उनकी आँखों में भी शरारत उतर आती थी। जीना का जी चाहा कि वो एक बार रॉब को लिपटकर बाप के प्यार को महसूस कर ले, पर वो फिर जाने के लिए पलट गए थे। जीना ने इस बार रोका नहीं वो भी पलटकर घर की ओर चल दी।

जैसा रॉब ने कहा था कि सरकार लापरवाही बरत रही है वो बिलकुल ठीक था, क्योंकि उसने समाचार में भी सुना कि विपक्ष वाली पार्टी भी चीख़-चीख़ कर इल्ज़ाम लगा रही है और लोगों को घरों में बन्द हो जाने को कह रही है। देखते-देखते ही कैसा सन्नाटा छा गया। सड़क पर कोई चलता-फिरता नज़र ही नहीं आता। जीना का दिल बैठ-सा गया ये सोचकर कि क्या अब वो रॉब से भी नहीं मिल पाएगी, कैसे गुज़ारेगी ये समय? अजीब सा माहौल हो गया था। दूर सड़क पर हर वक़्त एम्बुलेंस की पीं पां पीं पां से जी घबराता रहता था। पुलिस कारें भी अपना ख़तरनाक सा हॉर्न बजाती हुई दौड़ती फिर रही थीं। आसमान पर हर समय बोलने वाली चिड़ियाँ भी ख़ामोश सिर्फ़ उड़ती रहती थीं बिलकुल बेमक़सद-सी। मक़सद से तो केवल एक काम हो रहा था वो जो एम्बुलेंस कर रही थी। वो सवारी ले तो जाती थी पर वापस नहीं लाती थी।

जीना कोशिश करती थी कि रॉब की दी हुई सीख को अहमियत दे और उस पर अमल करे, क्योंकि रॉब ने कह दिया था कि जीना तुम बस अब अपने को घर में बन्द कर लो तो बस उसने बन्द ही कर लिया था ये सोचकर ख़ुश रहती थी कि जब इस महामारी से छुटकारा मिलेगा और वो रॉब से मिलेगी और उसे बताएगी कि उसने रॉब की दी हर हिदायत पर न सिर्फ़ ख़ुद अमल किया है बल्कि अपने बच्चों को भी फ़ोन करके बताया और हर ओर फैलाया भी, पर आज कई दिनों बाद उसने सोचा चलो खिड़की से बाहर देखूँ रॉब साहेब मुझे सिखाकर आप बाग़ को सँवारने में तो नहीं लगे हुए हैं। अगर ऐसा हुआ तो यहीं से आवाज़ देकर अन्दर जाने का आज मैं हुक्म दूँगी। यह सोचकर मुस्कराने लगी और रॉब का कोई शैतानी से परिपूर्ण से जवाब सुनने के लिए तैयार।

अचानक याद आया कि उस दिन रॉब कितने उदास से थे, और उस दिन से बाहर भी नहीं निकले। न मालूम उनकी वाइफ़ कैसी होंगी। इसी उधेड़बुन में उसने उठकर खिड़की से बाहर झाँका तो उसकी आँखें भीग गईं। वो लहलहाते झूमते भीनी-भीनी ख़ुशबू बिखेरते ब्लॉसम्स अपने पेड़ों से बिछड़ चुके थे। वो शाख़ से जुदा हुए फूल अपना अस्तित्व हार चुके थे। बिखर गए थे। उनकी पंखुड़ियाँ सड़क के किनारे पड़ी हुई अब भी सड़क पर आते-जाते लोगों की ओर ताक रही थीं। कारें आते-जाते सड़क पर पड़ी पंखुड़ियों को बेदर्दी से कुचल रही थीं। उनकी आह, उनका कराहना कारों के अपने शोर में दब जाता था। वही हवा जो जवानी में उड़-उड़कर उन फूलों की ख़ुशबू चुरा-चुराकर हर ओर इतराती उड़ती-फिरती थी आज वही हवा बेदर्दी से तेज़ रफ़्तार से चल-चलकर रहे-सहे ब्लॉसम्स को भी ज़ख़्मी कर-करके बिखेर रही थी।

नज़र पड़ी कि रॉब के घर के बाहर एक एम्बुलेंस खड़ी थी। चन्द ब्लॉसम्स एम्बुलेंस की छत पर कुछ इस तरह फैल गए थे जैसे कोई डोली जा रही हो। जीना का दिल धड़का, ओह गॉड! मिसेज़ ब्राउन ठीक-ठाक हों। जीना का सोचना वहीं नहीं रुका, रॉब अब अकेले कैसे रहेंगे बेचारे! एम्बुलेंस के ड्राइवर और दो

और लोग यूनिफ़ॉर्म पहने हुए उतरे और घर में घुस गए। एम्बुलेंस बहुत ऊँची थी इसलिए रॉब के घर का दरवाज़ा नज़र नहीं आ रहा था। थोड़ी देर में स्ट्रेचर पर किसी को लिये हुए आए और एम्बुलेंस में रख दिया।

जीना सोच रही थी कि वह तो मिसेज़ ब्राउन से कभी मिली भी नहीं। बिना एक बार भी मिले वे दुनिया छोड़कर जा रही हैं। घरवाले लोग एम्बुलेंस की ओट में दूसरी ओर खड़े हुए थे। एम्बुलेंस चली तो दृश्य कुछ साफ़ दिखाई दिया। जीना ने देखा बेटी ने अपनी माँ, मिसेज़ ब्राउन, को कस के पकड़ा हुआ था और दोनों सिसक-सिसककर रो रही थीं।

मैं तुम्हें जानता हूँ

"मुझे नहीं मिलना है आपसे!"

वह चौंक गई। उसने कभी सोचा भी न था कि ऐसा भी हो सकता है। इस जवाब के लिए वह बिलकुल तैयार न थी कि हड़बड़ा गई। भूल गई। फ़ोन के दूसरी ओर वह अभी भी होगा। जल्दी से अपने को समेटा, हिम्मत पैदा की। वह जानना चाहती थी कि इस फ़ैसले का कारण क्या था। ऐसा ज़ुल्म क्यों। क्यों वह उससे नहीं मिलना चाहता। मगर दूसरे सिरे पर तो सन्नाटा भायँ-भायँ कर रहा था।

उसने जल्दी से फ़ोन काट दिया। फिर से मिलाना चाहा, शायद वहाँ रिसीवर क्रेडल से हटाया जा चुका था। फ़ोन में से श्मशान घाट में भौंकते हुए कुत्तों जैसी ध्वनि पैदा हो रही थी। टेलीफ़ोन के भीतर जैसे काली सुरंग में से रोते बच्चों के मुँह पर हाथ रखकर चुप कराने की आवाज़ उसके कानों को फाड़ती हुई रुख़ बदल गई। वो आवाज़ के पीछे भागी, भला आवाज़ों को कौन पकड़ पाया है।

आज उसने कितने सुहाने सपने देखे थे। वो सवेरे से सोच-सोचकर आप ही आप मुस्करा रही थी। शाम का इन्तज़ार भी एक क़यामत बन गया था जो कि आ ही नहीं सकता था। इन्तज़ार तो क़यामत था पर उससे मिलने की ख़ुशी। वो कैसे बर्दाश्त कर पाएगी।

उस दिन भी ऐसे ही ख़ुश थी उससे मिलने के लिए जब पहली बार उसका फ़ोन आया था। वो काम करके किसी से बात किए बिना अपना थैला पीठ पर लाद लम्बे-लम्बे डग भरती लैंड लेडी के घर की ओर चल पड़ी थी, अच्छा-ख़ासा आधे घंटे का रास्ता था। इतना भारी थैला उठाकर चलना आम इनसान के लिए असम्भव था पर वो तो अपने रबर के काले मोटे-मोटे जूतों में जैसे उड़ती चली जाती थी। काला पतलून जिसमें पीछे को इलास्टिक पड़ी होती जो कि आम तौर से इस देश में बूढ़ियाँ पहनती हैं पर शायद झुकने में आसानी के कारण वो ऐसी ही पतलून पहनती थी। जवान लड़कियों की तरह कसी जींस पहनने का शौक़ तो था।

जब देखती उसकी उम्र की लड़कियों के कूल्हे जीन्स फाड़कर बाहर निकल आने को बेताब हैं तो उसका सुन्दर शरीर भी जीन्स के लिए ललचाने लगता, पर काम ऐसा था कि पूरे तीन स्टेशनों की सफ़ाई की ड्यूटी उसी के ज़िम्मे थी। सवेरे पौने छह बजे घर से निकल पड़ती। उस समय तो लैंड-लेडी भी मीठी नींद के मज़े लूट रही होती। उसके पति के ख़र्राटे भी उस समय सुरों की पटरी बदल देते। दोनों एक-दूसरे की गर्दन को अपने हाथों के घेरे में जकड़े एक-दूसरे कि साँसों को अपने होंठों पर महसूस करते सोए रहते। लिंडा घर का दरवाज़ा खोलने की चाभी लेने उनके कमरे में दबे पैरों दाख़िल होती और उससे भी अधिक एहतियात से वापस निकलती। उसका दिल भी धक्-धक् करने लग जाता। न मालूम कब तक स्टेशनों से दूसरों का कचरा साफ़ करती रहूँगी। मुझे कब मिलेगी ऐसी नींद। ऐसी चैन की मीठी-मीठी रसीली नींद। मुँह से मुँह जोड़कर सुनहरे सपने देखने वाली नींद। वह मेन डोर खोलकर काली-काली ठंडी-ठंडी सुबह के धुँधले-धुँधले अँधेरे में काले रबर के जूतों में उड़ती हुई पहले स्टेशन पर हाज़िरी लगवा देती।

काली बरसाती उतारकर पीठ पर लदे काले थैले में ठूँस देती। यूनिफ़ॉर्म की चटक नारंगी रंग की जैकिट पहनकर टॉयलेट साफ़ करने घुस जाती। सफ़ाई का

सारा सामान वहीं अलमारी में रखा होता। सबसे पहले यात्रियों के पेशाब से पीले हुए फ़्लश का पक्का रंग काटने के लिए तेज़ाब डालकर स्त्रियों के टॉयलेट की ओर जाती वहाँ के फ़्लश में लाल-पीले रंग के धब्बे मिलते और एक फ़ालतू डिब्बा और साफ़ करना पड़ता जिसमें रंग-बिरंगे लोथड़े ठुँसे होते। वो सोचती अगर इन रबर ग्लव्ज़ का आविष्कार न हुआ होता तो आज तो वो कुछ भी न छू पाती। अभी तो केवल जी मतलाता है फिर तो उल्टी हो जाती। बदबू से नाक फटी जाती। काम करते समय अधिकतर साँस रोके रखती। मन करता कि मुँह और नाक पर मास्क पहन ले पर वो यूनिफ़ार्म का हिस्सा नहीं था।

अपनी थोड़ी सी स्कूली पढ़ाई में उसने पढ़ा था कि रेलवे इंजन जेम्स वॉट ने, हवाई जहाज़ राइट ब्रदर्स ने और इसी तरह टेलीफ़ोन किसी बेल का आविष्कार है। पर ये कहीं नहीं पढ़ा कि ग्लव्ज़ किसका आविष्कार है। टॉयलेट के शीशे साफ़ करती तो पहले पूरे शीशे पर एक लोशन का छिड़काव कर देती फिर सूखा कपड़ा लेकर हाथों की दोनों मुट्ठियों में कसकर पकड़कर शीशे को ऐसा चमकाती कि बिलकुल जगमगा जाता।

उसका बेइख़्तियार जी चाह जाता कि अब पहली बार आईने के सामने खड़ी होकर अपने को निहारे। मुँह पानी से धोकर थैले में से क्रीम निकालकर मुँह पर पोत-लेती भवों पर ब्राउन पेंसिल फेरती होंठों पर लिपस्टिक लगाती और फिर झुक जाती टॉयलेट की ज़मीन साफ़ करने जिस पर दिन भर के जगह-जगह से आए-गए मुसाफ़िरों के पदचिन्ह गड्डमड्ड होकर भयानक चेहरों के आकार से बन गए होते। वो मिनटों में बाल्टी में पानी भर टाँकी उसमें डालकर भिगोती-निचोड़ती और फ़र्श को भी आईना बना देती उसमें भी झाँक-झाँक अपना चेहरा देखती।

जब कूड़े के डिब्बे ख़ाली करने निकलती तो बाहर एक लाइन लगी होती मुसाफिरों की टॉयलेट इस्तेमाल करने के लिए। उसको बिलकुल अच्छा न लगता उसकी इतनी मेहनत का ऐसे बरबाद हो जाना। फिर आप ही सोचती ये बेचारे

भी मेरी ही तरह सवेरे-सवेरे काम करने निकल पड़े हैं। क्या इसमें भी कोई मेरी तरह स्टेशनों को साफ़ करने जा रही होगी या मैं ही बेचारी दिन में आठ-नौ घंटे काम करती रहती हूँ।

उस दिन जब वो दूसरे स्टेशन के लिए चली अपना काला थैला पीठ पर लादे हुए तो उसके हाथ में कूड़े का पारदर्शी थैला था जिसमें से एक-एक कूड़ा पहचाना जा सकता था। जब से एनवायरमेंट में हलचल मची है तब से मानव जाति भी हड़बड़ा गई है। प्लास्टिक के थैले को प्रकृति का सबसे बड़ा शत्रु बताया गया है। अब प्लास्टिक के थैले के बिना तो काम चल नहीं सकता पर थैला हल्का तो किया जा सकता है!!

उसके साथ बैठा दूसरा यात्री जैसे उसके कूड़े की गिनती कर रहा हो। वो लगातार नीचे ही देखे जा रहा था। वो अपने मोटे-मोटे काले जूतों को देखने लगी कि कहीं जूते गंदे तो नहीं हो गए हैं उनमें कुछ लग तो नहीं गया है।

अगले स्टेशन पर उसे उतरना था वो पहले ही से सामान लेकर खड़ी हो गई समय पर पहुँच जाने के लिए। वह भी साथ ही उतर गया। वो जब टॉयलेट की सफ़ाई करके बाहर निकली तो क्यू में वो भी खड़ा था। जिस स्टेशन पर जाती वहाँ के क्यू में वह खड़ा मिलता।

क्या इसको मेरा ही साफ़ किया टॉयलेट गन्दा करना होता है? या मैं इतना अच्छा साफ़ करती हूँ कि वो सारा दिन टॉयलेट ही जाता रहता है? काम-वाम नहीं करता क्या? वो उसके बारे में सोचने लगी। यह कौन होगा! होमलेस तो नहीं है? फिर खाता क्या होगा!! चलो मैं इसको कॉफ़ी पिला देती हूँ।

लिंडा के भीतर की औरत और माँ जाग पड़ी। आख़िरी स्टेशन पर उसने पूछ ही लिया, "कॉफ़ी पियोगे?"

"मेरे पास पैसे नहीं, इसलिए नहीं पीना है।"

लिंडा को ये बात अच्छी लगी कि इसका अहम जीवित है वरना आजकल तो लोग धोकर निचोड़ देते हैं। शराफ़त का तो ज़माना ही नहीं रह गया है।

दोनों एक बेंच पर बैठ गए 'सिल्वर लिंक' ट्रेन के इन्तज़ार में। दोनों ने देखा दूर से हरी और बैगनी रंग की रेलगाड़ी ख़ामोशी को तोड़ती दरिया के पानी की तरह फिसलती स्टेशन में आकर थके हुए मुसाफ़िरों को अपनी गोद में बैठाने लगी।

वो दोनों भी चुपचाप बैठ गए। जाते-जाते दोनों ने एक साथ ही कहा—

"सी यू।"

"सी यू।"

ट्रेन जैसे आई थी वैसे ही एक कहना मानने वाले मासूम बच्चे की तरह आगे बढ़ गई। कितनी मासूम लगती है ट्रेन जैसे उसका अपना कोई अस्तित्व ही न हो...! केवल दूसरों ही के लिए जीती हो। एक नारी की तरह। लिंडा यही सब सोचते-सोचते हल्की सी नींद में चली गई। शाम को घर की ओर वापिस जाने वाले अधिकतर अख़बार की आड़ में ऊँघ लेते हैं।

वह न जाने कब उतर गया लिंडा को अहसास ही नहीं हुआ।

ट्रेन से तो उतर गया पर लिंडा की सोचों में समाया रहा।

वह कल फिर मिलेगा!

न जाने क्यों उसको ऐसा महसूस हुआ। उसे यक़ीन है जो वो सोचती है वैसा ही हो जाता है।

और वही हो गया।

लिंडा को अब टॉयलेट साफ़ करना मुश्किल लगने लगा था। झुका नहीं जाता था। थक भी जाती थी। भूख से पेट खुरचता रहता जब खा लेती तो अपने साफ़ किए टॉयलेट ही में उगल देती।

वो आज भी बाहर खड़ा इन्तज़ार करता रहता।

अब क्यू से बाहर होता। लिंडा बाल्टी लिये बाहर निकलती तो बाल्टी हाथ से ले लेता।

"बहुत थक जाती हूँ।"

"अभी भी समय है। बच्चों जैसी ज़िद न करो। सफ़ाई करवा लो।"

"मेरा काम सफ़ाई करना है, करवाना नहीं।"

"तो गुज़र कैसे होगी?"

"सब हो जाता है, लॉर्ड कर देता है। उसका अपना जन्म भी तो ऐसे ही हुआ था। मदर मेरी ने उन्हें तो नहीं गिरवा दिया था। मुझसे अब ऐसी बात न करना, बस!!"

वो शायद इस रूट की ट्रेन छोड़कर किसी और रूट पर चला गया है।

लिंडा अपनी दुनिया में खो सी गई। बच्चे से पेट पर हाथ फेर-फेर कर ख़ूब बातें करती। खिलौने दिलाने के वादे करती अच्छे-अच्छे कपड़े पहनाने की लालच देती। और कहती डैडी आएँगे तो हम उनसे रूठ जाएँगे। न जाने हमको छोड़कर कहाँ चले गए हैं। मेरे बच्चे मैं तुझको रेशम की तरह मुलायम गोद दूँगी। ख़ुशबू वाले गुलाब की पत्तियाँ तुझ पर निछावर करूँगी। सबसे अच्छे स्कूल में पढ़ाऊँगी। मेरे बच्चे तुझको वो सब दूँगी जो और बच्चों को नहीं मिलता। मैं तो तेरे साथ ख़ूब खेलूँगी अभी मेरे भी तो खेलने ही के दिन हैं!! मैंने तेरे डैडी से कितना कहा कि चार साल सबर कर ले मैं अट्ठारह की हो जाऊँ तो बस मिलकर घर बनाएँगे।

उसको तो जल्दी पड़ी थी। वो तो पढ़ा-लिखा भी मुझसे अधिक था मैंने तो चौदह की होते ही नौकरी कर ली। मुझे पढ़ना अच्छा नहीं लगता था।

जब बच्चे ने अन्दर से घूम-घूमकर हिल-हिलकर अपने होने का अहसास दिलाना शुरू किया तो लिंडा बलिहारी जाती। रोज़ नए-नए खेल खेलती ऐसे जैसे वो उसके सामने ही बैठा हो।

अगर वो भी होता तो दोनों मिलकर बच्चे से कितनी बातें करते। लिंडा उसको याद करके बच्चे से और अधिक बातें करने लगती।

अपना एक-एक पेंस बचाने लगी अगर अभी से पैसा जमा नहीं किया तो इस नन्हे-मुन्ने को फूलों जैसे कैसे पाल सकूँगी। थोड़ा-बहुत पढ़ी-लिखी थी तो बच्चों की परवरिश करने वाली किताब ख़रीदकर पढ़ने लगी। जहाँ थोड़ा समय

मिलता किताब खोलकर बैठ जाती। ट्रेन के डिब्बे में सब अख़बार या नॉवेल पढ़ रहे होते तो लिंडा 'डाक्टर स्पौक्स बेबी एंड चाइल्ड केयर' की किताब पढ़ रही होती। मुस्कराती, पेट पर हाथ फेरने लगती और जैसे अपने आपको ख़ुद ही गुदगुदा रही हो।

गुदगुदा रही हो बिलकुल उसी तरह जैसे उस दिन पार्क में जब दोनों ऐसे लेटे जैसे मखमल के गद्दे पर अपने कमरे में एक-दूसरे में उलझे इधर से उधर लुढ़क रहे हों। किताब में बच्चों की तस्वीरों में वो उसको टटोलने लगी, खो गई अपने अतीत में। कभी-कभी अतीत भी कितना सुहाना लगता है। मन्न करता है उसी में खोए रहो पर वर्तमान झिंझोड़ देता है। सारे सपने अधूरे रह जाते हैं।

लिंडा का वर्तमान उसके भविष्य से जुड़ा हुआ था। उसके घर में चन्द्रमा उतरने वाला था अपनी ठंडी-ठंडी किरणों से लिंडा के भविष्य को रोशन कर देने, उसकी अधूरी प्यास बुझा देने, नन्हे-नन्हे हाथ बहुत प्यार से उसके मुँह पर फिसलने लगते।

दर्द से तड़पती लिंडा उन मुलायम गुलाबी गालों और सुनहरे नर्म बालों और नीली आँखों को देखती रही, सोचती रही ऐसा ही होगा मेरा प्यारा राजदुलारा।

एकदम से एक चीख़ लिंडा की थी और साथ ही बच्चे की रोने की आवाज़ ने लिंडा को ऐसी ताक़त दी कि वो भूल ही गई कि अभी कितने दर्दों से गुज़री है। नर्स बच्चे को लेकर दूसरे कमरे में चली गई साफ़ करने को। लिंडा बेचैन थी अपने बच्चे को देखने के लिए। वह चाहती थी बच्चे के चेहरे में शायद 'वो' फिर से नज़र आ जाए जो उसे छोड़कर जा चुका है। नीली आँखों और सुनहरे बालों वाला।

लिंडा को कभी इतने बड़े कमरे में सोने का मौक़ा ही नहीं मिला था। आज कुछ ख़ुशी से कि स्टेशन के टॉयलेट्स धोने वाली एक आम लड़की माँ बन गई है, और कुछ कमरे के खुलेपन से उसको नींद नहीं आ रही थी। और वैसे भी नींद आती कैसे, बच्चे को सीने से लगाने की तड़प आँख झपकने नहीं दे रही थी।

सब माँएँ आराम की ख़ातिर अपने-अपने पलंगों के किनारे यू-शेप में लगे फूलदार परदे खींचकर आराम कर रही थीं मगर लिंडा की बेचैनी उसे आराम नहीं करने दे रही थी। उसने अपने पलंग के किनारे का परदा नहीं खींचा क्योंकि वो हर समय एक-एक पल की ख़बर रखना चाहती थी। जितनी बारी नर्स आती वो हल्का सा उठकर उसको देखती कि उसके हाथ में क्या है। उसका पलंग खिड़की के पास था कभी खिड़की के बाहर झाँकने लगती कितना मज़ा आएगा जब मेरा बेटा दो वर्ष का हो जाएगा तो मैं उसके साथ ख़ूब दौड़ने-भागने वाले खेल खेलूँगी। वो चीख़ेगा जब मैं उसको पकड़ लूँगी फिर मैं गुदगुदाऊँगी तो अपने मुन्ने-मुन्ने दाँत निकालकर हँसता हुआ कितना प्यारा लगेगा।

लिंडा, नर्स ने कन्धे पर हाथ रखकर आवाज़ दी। लिंडा चौंक गई। जल्दी से पलटकर नर्स के हाथ देखने लगी। कुछ नहीं था उसके हाथों में।

दूसरी नर्स एक बच्चा लेकर आई और दूसरे बेड की ओर चली गई उस बच्चे के बाल गहरे ब्राउन थे और रंग भी हल्का ब्राउन था। ये मेरा वाला नहीं हो सकता। वो फिर ख़यालों में गुम हो गई। अपने नीली आँखों और सुनहरे बालों वाले बच्चे को महसूस करने लगी।

दूसरे बेड पर नर्स ने पहले माँ का तकिया ठीक किया उसको सीधा बैठाया और फिर बच्चा गोद में दे दिया। लिंडा सोचने लगी बस अभी मेरा वाला भी आता ही होगा। मगर मेरा ऐसा नहीं होगा बिलकुल गुलाब का फूल होगा।

नर्स ने जैसे ही माँ की गोद में बच्चा दिया वो रोने लगा। माँ घबरा गई। नर्स ने कहा भूखा है इसको दूध पिलाओ ऐसे पकड़ो और ऐसे एंगल बनाओ। दूसरे ही क्षण बच्चे ने लपककर अपनी जगह ढूँढ़ ली चुसुर-चुसुर की आवाज़ लिंडा के कानों में रस घोलने लगी। लिंडा उधर ही देखे जा रही थी कि अब उसकी बारी आने वाली है। नर्स आँखें चुराती हुई दूसरे दरवाज़े से बाहर निकल गई। लिंडा ने बिस्तर से कूदकर नर्स के पीछे जाना चाहा पर वो किसी और कमरे में घुसकर ग़ायब हो गई थी।

दूसरे बेड से किसी और माँ ने लिंडा को समझाया जब तुम्हारी बारी आएगी तो नर्स तुम्हारा बच्चा भी तुम्हारे पास लाएगी। इन्तज़ार करने वाला ही इन्तज़ार की कसक को समझ सकता है। लिंडा बेचैन थी, डरी हुई थी, रोना चला आ रहा था। कहाँ है मेरा बच्चा अभी तक मैंने देखा भी नहीं।

तुम्हारे बच्चे को बहुत ज़्यादा जौंडिस है इसलिए उसको अलग रखा गया है जैसे ही इम्प्रूव कर लेगा तुमको दिखा दिया जाएगा।

मैं दूध कब पिलाऊँगी। एक माँ का दूध तूफ़ान की तरह उमड़ा चला आ रहा था सुरीली दरिया की तरह लहरों से लहरें टकरा रही थीं। ठंडक पहुँचाने वाला न मालूम कहाँ किलकारियाँ भर रहा था।

लिंडा अब मुँह तकिए में घुसाकर सिसकियाँ लेती रहती। साथ की माँएँ उसका दुख समझतीं उनकी भी आँखों में आँसू आ जाते। एक-एक करके सारी माँएँ अपने बच्चों को सीने से लिपटाए नन्हे-मुन्ने गोल-गोल नरम-नरम बालों वाले सरों पर अपने होंठों से प्यार करती पतियों के साथ रुख़सत होती गईं। पति भी ऐसे प्यार से ले गए जैसे आज पहली बार पत्नी से मिले हों और सँभल-सँभल कर फूँक-फूँक कर क़दम रखते आँखों से ओझल होते गए। लिंडा की नज़र जहाँ तक पहुँच सकती वो हसरत से उन माँओं को जाता हुआ देखती रहती। आज वह बहुत ही बेचैन थी। सर पर चादर लपेटकर दोनों घुटने मोड़कर सीने से लगाकर घुटनों के बीच दोनों हाथ दबाकर करवट लेकर रोते-रोते सो गई थी।

लिंडा...लिंडा...आज हेड नर्स आवाज़ दे रही थी। लिंडा तेज़ी से उठकर बैठ गई कि आज हेड नर्स मेरा बच्चा ख़ुद हैंडोवर करेगी। वो तो ख़ाली हाथ खड़ी थी।

मेरा बच्चा कहाँ है। तुम लोगों ने मार तो नहीं दिया उसको? देते क्यों नहीं हो मुझको। मैं माँ हूँ, हाँ, एक माँ। तड़प रही हूँ अपने बेबी से मिलने को। तुम लोग ज़ालिम हो। शायद ख़ुद माँ नहीं हो इसीलिए एक माँ का दर्द नहीं समझ पा रही हो। लाओ मेरा बच्चा, मेरा बच्चा, मेरा बच्चा चिल्लाती हुई लिंडा बच्चों के कमरे

की ओर भागी उसको नर्सों ने पकड़ लिया। वापस लाईं उसके बिस्तर के पास और पलंग के साथ वाली आरामकुर्सी पर बैठा दिया। गिलास में पानी डालकर पीने को कहा। आज लिंडा ने ठान ली थी कि वो कुछ नहीं सुनेगी। केवल और केवल अपने बच्चे की ही बात करेगी। जब वो पेट में था तो बातें किया करती थी। जब से वो इस दुनिया में आ गया है तो न जाने कहाँ खो गया है।

वो चुप थी इस इन्तज़ार में कि अब ये लोग कुछ बताएँगी। शायद उन नर्सों की भी हिम्मत नहीं पड़ रही थी लिंडा को सच्चाई बताने की।

"लिंडा डार्लिंग, बच्चा तुमको नहीं दिया जा रहा है।"

"वो मेरा बच्चा है। तुम लोग कौन होते हो फैसला करने वाले...!!"

लिंडा ने शेरनी की तरह गुर्राते हुए कहा, आज वो चुप नहीं रहेगी, हासिल करके रहेगी अपना बच्चा।

हेड नर्स ने उसका सर अपने सीने से लगाते हुए कहा लिंडा डार्लिंग तुम एक बच्ची माँ हो। बच्चे को सँभाल नहीं सकोगी इसलिए उसको एडॉप्शन के लिए दे दिया गया है। दूसरे माँ-बाप उसको बहुत प्यार से पालेंगे बहुत पैसे वाले हैं। तुम्हें तो अपना ही पेट पालना मुश्किल होता है। तुम इस फूल जैसे बच्चे को कैसे पालतीं। अगर बच्चे की देखभाल करतीं तो पैसे कैसे कमातीं और फिर जो पैसे तुम कमाती हो वो पूरा भी नहीं पड़ता। सरकार भी जो पैसे देती है उसमें तुम वैसे नहीं रख सकती थीं जैसे बच्चे को रखना होता है। जो लोग ले गए हैं वो बहुत अच्छे लोग हैं।

तो मेरा बच्चा मुझसे मिले बिना ही चला गया, नॉटी!!

लिंडा सदमे से और कुछ बोल ही नहीं सकी। अपनी ख़ूबसूरत आँखों से एक ही तरफ़ को घूरती रही, चुपचाप उठी अपना थैला उठाया जिसमें बच्चे के लिए कपड़े रखकर लाई थी। दरवाज़े से बाहर निकलकर किसी तरफ़ को चली गई। न जाने कहाँ और कैसे समय काटा उसने। अस्पताल आती थी, शीशे की खिड़की में से दूसरों के बच्चे देखती जैसे अपना बच्चा ढूँढ़ रही हो। उसके

आगे-पीछे कोई न कोई नर्स होती और वो भी अपने आँसू पी रही होती। लिंडा किसी से बात किए बिना ही चली जाती।

आज वर्षों बाद उसने मुँह खोला। मेरा बच्चा किसको दिया है? मुझे पता बताओ। उसको हेड नर्स ने फ़ोन नम्बर दे दिया। आज वो उस फ़ोन नम्बर को ऐसे लिपटाए हुए निकली जैसे अपने बच्चे को सीने से लगाए हो। सीधे टेलीफ़ोन बूथ पर पहुँची। लाल रंग का बड़ा-सा बूथ पक्के लोहे का जिसका दरवाज़ा बन्द करके बात की जा सकती है।

मैं ख़ूब देर तक बात करूँगी। जीवन में पहली बार तो अपने बच्चे की आवाज़ सुनूँगी। न जाने कैसी आवाज़ होगी, शायद उसी जैसी होगी जो मुझे छोड़ गया, कितनी मुलायम और मीठी आवाज़ थी उसकी। जब बात होगी तभी मिलने का टाइम भी मालूम कर लूँगी। वहाँ इतनी लम्बी लाइन लगी हुई थी कि वो लाल रंग का टेलीफ़ोन बूथ तो दिखाई दे रहा था पर उसमें कौन गया और कौन निकला वो नहीं दिखाई देता था। लिंडा मुस्कराए जा रही थी और कभी-कभी अपने ही से बात भी करने लगती। उसका क़द बाप पर पड़ा होगा। मैंने अपने खाने-पीने का ध्यान तो रखा था। मुझे लगता है सुन्दर तो वो अवश्य होगा। मैं भी तो बुरी नहीं हूँ। ज्यों-ज्यों टेलीफ़ोन बूथ की लाइन धीरे-धीरे सिकुड़ती जाती त्यों-त्यों लिंडा के दिल की धड़कन तेज़ होती जाती।

हँसती-मुस्कराती हुई बूथ में दाख़िल हुई। चन्द ही मिनटों बाद पेट को हाथ से टटोलती वापस बाहर निकली। कभी रोती, कभी हँसती फिर से पहले से भी अधिक लम्बी लाइन में लग गई थी कि शायद आज वो कह दे, "मैं तुम्हें जानता हूँ माँ।"

ज़हर

आज सीमा पूरी तरह से टूट गई है।

उसने बस इतना ही तो कहा था कि बेटी रसोई को साफ़ करके छोड़ा करो।

"माँ मैं हर समय आपके घटिया ऑर्डर सुन-सुन कर तंग आ गई हूँ। आपके साथ रहना भी किसी सज़ा से कम नहीं है!"

"तो फिर जाओ, चली जाओ अपने घर।"

समाँ उठकर खड़ी हो गई, चिल्ला-चिल्लाकर बकने लगी और एक ही साँस में अपने भीतर का ज़हर उगलने लगी। पीली आँधी से भी अधिक तेज़ी से मन की आँखों और कानों में धूल झोंकती। कलेजे पर कचोके लगाती उगलती चली गई अपनी कड़वाहट।

"माँ मैं इस घर से कहीं नहीं जा रही। ये घर मेरे बाप का है और हम उनके ही कहने से यहाँ रहने आए हैं। आपका अकेलापन दूर करने, आपकी देखभाल करने और आप हमें ही यहाँ से निकल जाने को कह रही हैं, माई फ़ुट!"

सीमा हमेशा की तरह थोड़ी देर तक स्तब्ध रह गई। भीतर-भीतर यही सोचती रही एक शादीशुदा बेटी के साथ रहना सच में बहुत मुश्किल है। सब मना कर रहे थे कि बेटी के परिवार को अपने साथ रहने के लिए मत बुलाओ, पर सीमा क्या करती वह भी तो बेबस थी। पति के सामने 'ना' बोलने की हिम्मत कहाँ से जुटाती, और वो किसी की सुनते भी कहाँ हैं। उनसे अपनी मरज़ी की बात

कहने के लिए उसे कई एक जन्म लेने पड़ेंगे। वे स्वयं तो जाकर अपने देस बस गए, सीमा को केवल सन्देसा दे दिया कि वे अब हवाई जहाज़ से यात्रा नहीं कर सकते। उनका स्वास्थ्य इतना बिगड़ गया है कि डॉक्टर ने हवाई सफ़र करने पर रोक लगा दी है।

सीमा चुप रह गई केवल एक ही सवाल किया कि "क्या मैं आ जाऊँ?"

"आप यहाँ आकर क्या कर लेंगी। मेरे ऊपर एक और बोझ बन जाएँगी। मेरी सेहत ऐसी नहीं है कि किसी की ज़िम्मेदारी उठा सकूँ।" फिर कुछ पल सोचकर बोले, "मैं छोटी वाली बेटी के पति से बात करता हूँ। आपके लिए अच्छा रहेगा अगर वे दोनों अपने बच्चे लेकर आपके साथ रहने आ जाएँ और ख़ुद अपना घर किराये पर उठा दें।"

"सुनिए ऐसा करना ठीक नहीं होगा।" मगर उधर से फ़ोन काटा जा चुका था। हर बार यही तो होता है। फ़ोन पर बात तभी तक हो पाती है जब तक पति चाहते हैं। वरना तो फ़ोन ही नहीं उठता।

सीमा कहना चाह रही थी कि बेटियाँ अपने घर ही में अच्छी लगती हैं। हालाँकि, यह सच है कि उसे अपने नाती और नतिनी से बेहद प्यार था; फिर भी बेटी-दामाद के साथ जीवन बिताने की बात उसे समझ में नहीं आई। उसकी अपनी सोच चाहे कुछ भी हो, मगर सीमा के जीवन का हर फ़ैसला पतिदेव ही करते थे। लिहाज़ा आज भी वही हुआ जिसका भय था।

सीमा सोच में पड़ गई कि दिन-रात अपने पति की देखभाल बच्चों से कहीं अधिक करती रही। अब इस उम्र में वह वहाँ जाकर कैसे बोझ बन जाएगी! वह केवल सोच सकती थी कह नहीं सकती थी। हमेशा की तरह घुटकर चुप हो गई थी।

समाँ क्रोधित-झुँझलाती आवाज़ में बोले जा रही थी, "याद रखना माँ आप मुझसे मेरे बाप के घर से निकल जाने को कह रही हैं। मैं कहे देती हूँ, यू विल हैव टू पे फ़ॉर दिस।"

समाँ भी तो लंदन में ही पढ़ी है। जब अपने हिसाब से माँ-बाप से बदतमीज़ी करने से सन्तुष्ट नहीं होती तो अपनी सौतेली भाषा में शुरू हो जाती है। वैसे अब तो अंग्रेज़ी ही उसकी मातृभाषा बन चुकी है। गाली भी इसी भाषा में देती है। समाँ इस वक़्त भी अवश्य ही गालियाँ दे रही होगी, मगर ज़बान दबाकर। फुफकारती हुई साँसों में। माँ सब कुछ महसूस करती रही और सहती रही। माँ तो जन्म ही इसीलिए लेती है। प्रकृति का दस्तूर यही है। आज की बेटी कल की माँ बनती है, पर समाँ जैसी बेटियाँ न अच्छी बेटियाँ होती हैं और न ही अच्छी माँ बन पाती हैं। पत्नी कैसी यह तो पति ही जाने।

सीमा थोड़ा घबरा तो गई समाँ की चुनौती से। अब न जाने बाप से क्या कुछ लगाएगी। वो वहाँ बैठे न जाने कैसा फ़ैसला करेंगे जो कि बन्दर की बाँट की तरह होंगे।

सीमा परेशान थी। ख़ुद से पूछ रही थी, "आख़िर मैं कब तक ऐसे डर-डर कर जीवन बिताती रहूँगी। भला ये भी कोई जीवन है?"

डर-डरकर जीना और एक दिन चुपके से मर जाना...! नहीं, मैं ऐसे नहीं जीना चाहती।

उसने समाँ को याद दिलाया, "तुमको याद है जब तुम भाई से लड़ रही थीं और उसने तुमको यह घर छोड़कर चले जाने को कहा था, तो क्या हुआ था?"

समाँ से जवाब की अपेक्षा करना बेकार था। सीमा कहती चली गई, "जब उसने तुम्हें घर छोड़कर चले जाने को कहा था तो तुमने उससे हाथापाई शुरू कर दी थी और इसी तरह ऊँचा-ऊँचा चिल्ला रही थी। उसने तुमसे कुछ नहीं कहा बस पुलिस बुला ली थी। तुम तो डरकर मेरे कमरे में मेरे पास आकर मेरे बिस्तर में मुझसे लिपट गई थीं। फिर क्या हुआ था ये तुम मुझे बताओ?"

"कब?"

समाँ बड़ी चालाकी से बचकर निकल जाना चाहती थी। सीमा ने कहा—

"अच्छा तो ठीक है, आज मैं पुलिस बुलाती हूँ तो शायद तुमको याद आ जाएगा।"

"तुम कैसे पुलिस बुला सकती हो? उस समय पुलिस आ गई थी ये सोचकर कि घर मेरे भाई का है। मगर जब तुमने यह साफ़ कर दिया कि ये घर मेरे बाप का है, तो पुलिस भाई को समझाकर कि ऐसी छोटी-छोटी बातों के लिए पुलिस को नहीं बुलाते, वे चले गए थे।"

"समाँ क्या तुम समझती हो कि भाई का पुलिस को बुलाना और माँ का बुलाना एक ही बात है?

सीमा एक बार फिर कमज़ोर पड़ने लगी। मैं कैसी माँ हूँ कि अपनी बेटी को ही धमका रही हूँ। कैसे बचपन में यह डरकर मुझसे लिपट जाया करती थी। इसके सुनहरे नरम-नरम घुँघराले बाल मेरे मुँह और आँखों से स्पर्श करते थे तो मैं इसको कस के लिपटा लिया करती थी। यह कितनी देर तक मेरे सीने से लिपटी-चिपकी बैठी रहती थी। आज भी सीमा का मन चाहने लगा कि समाँ आज फिर उससे लिपटकर माफ़ी माँग ले, और वह उसको माफ़ करके ख़ूब ज़ोर से भींच ले, सीने से लगा ले।

सीमा का जी भारी होने लगा। आँखें भीगने लगीं। वह समाँ की ओर देख नहीं पा रही थी क्योंकि नज़रें उठाते ही आँसुओं पर क़ाबू पाना असम्भव हो जाता। वह समाँ को महसूस भी नहीं करवाना चाहती थी कि वह एक सूखी शाखा है जो पल भर में टूट सकती है। वही सूखी शाखा आग लगाने में भी सबसे आगे होती है। सर्दी से काँपते हुए मज़दूर शाम आने तक सूखी शाखाएँ इकट्ठा करते रहते हैं शरीर को गरमाने के लिए। इसी में आग लगाकर सब किनारे-किनारे बैठ जाते हैं...जब तक आग जलती है तब तक सब सेंकते रहते हैं और फिर धीरे-धीरे उठकर घरों में जाने लगते हैं जहाँ उनकी पत्नियाँ उनके लिए बिस्तर गरम करके उनकी आस लगाए बैठी होती हैं। घर के बूढ़े अन्त में अपने हिस्से की राख समेटकर हँड़िया में बन्द करके सोने जाते। दूसरे दिन बहू-बेटियाँ उसी

से बर्तन माँजकर अपने दमकते हुए चेहरे देखती हैं और एक-दूसरे से बाज़ी लगाती हैं कि किसके बर्तन अधिक चमक रहे हैं। फिर उन चमकते हुए ताँबे के गगरों को सर पर रखकर लचकती कमर उभरे सीने चमकता ताँबे जैसा चेहरा लिये जब घर की ओर चलती हैं तो आने-जाने वाले राहगीर ठिठककर रह जाते; चरवाहे जो रोज़ाना गोधूलि कि बेला की प्रतीक्षा बेचैनी से किया करते ऐसे समय उनका जी चाहता समय यहीं ठहर जाए। अपनी लाठी जिससे वो अपने मवेशी चराते उस पर सर टिकाकर एकटक उन लहराती बहू-बेटियों को निहारते रहते।

सीमा अपने विचारों की दुनिया में न जाने कहाँ से कहाँ पहुँच चुकी थी। पर समाँ तो अभी तक घायल शेरनी बनी दाँव-पेच के ताने-बाने बुन रही थी कि कैसे वार करे माँ पर कि वो पूरे तौर से धराशायी हो जाए और फिर कभी उससे पंगा न ले। अपने को समझती क्या है ये माँ! जीवन भर मेरे बाप के पैसों पर पली है और आज मुझसे, उनकी सबसे छोटी लाडली बेटी से मुक़ाबला कर रही है जो उनकी सारी दौलत की मालिक बनने वाली है...!

माँ तो माँ ही होती है, जैसे सीमा ने उसकी चुप्पी भाषा समझ ली हो और एक बार फिर से वह चिन्तित हो गई। इसलिए कि बाप उसको कितना मूर्ख बना रहा है ये वादे कर-करके। वे जब अपनी पत्नी का नहीं हो सका—जिसने उसकी इतनी सेवा की—तो उस बेटी का कैसे होगा जिसने सबसे हमेशा सेवा करवाई!

सबसे छोटी थी इसलिए बेचारे बड़े भाई-बहनों को उसकी सेवा करनी पड़ती थी। सीमा भी बड़े बच्चों को समझाया करती कि "मान जाओ उसका कहना, अरे वो सबसे छोटी है ना, नासमझ है।" अगर उसका कहना न माना जाए तो बिलख- बिलखकर रोने लगती थी। बाप तो कहता था रोने दो। रो-रोकर चुप हो जाएगी। मगर सीमा से उसका रोना सहा नहीं जाता था।

और आज उसका माँ पर दहाड़ना नहीं सहा जा रहा था, उसको ग़ुस्सा आता तो था पर भटक भी जाता था। उसकी सोच पैंतालीस वर्ष पीछे चली जाती थी जब समाँ का जन्म हुआ था। कभी उसके घुँघराले बालों में तो कभी उसके

गुलाबी रंग और कभी तुतला-तुतला कर बोलने में खो जाती और फिर समाँ के भयानक क्रोध से लड़ने वापस आ जाती, जैसे वो समाँ को कुछ भी कहने से डर रही थी। वह आज के हादसे से सकते में रह गई थी। सीमा का मोबाइल भी अचानक चीख़ने लगा था। सीमा उसको उठाते हुए भी जैसे डर रही हो!

बेटे का फ़ोन था, फिर तो सीमा की आँखों के बाँध टूट गए। वो पूरी तरह से प्रयत्न करती रही बाँध को वापस बाँधने का। आँसुओं को पी जाने का। बेटा दूर से परेशान हो-होकर माँ-माँ किए जा रहा था। सीमा अन्ततः अपने आपको संयत करने में सफल हो गई थी। आवाज़ को सँभालते हुए बोली, "हाँ बेटे, बोलो कैसे हो?"

"माँ आप कुछ अपसेट लग रही हैं! सब ठीक तो है?"

"हाँ बेटे तबीयत कुछ ख़राब है।"

सीमा नहीं चाहती थी बेटे को भी इस बेहूदगी का हिस्सा बनाया जाए। वह भी तो आज ही की पैदावार है, यहीं पला-बढ़ा है, न जाने कब मौक़ा पाकर वार कर दे। अब उसमें और सहने की हिम्मत नहीं बची थी।

"हाँ-हाँ, रोना रो दीजिए भैया से। मुहल्ले-पड़ोस में भी डुगडुगी बजवा दीजिए!"

"हे राम ये क्या भाषा बोल रही है समाँ...! ये डुगडुगी शब्द कहाँ से सीख लिया है और मोहल्ले पड़ोस में बजवाना?"

सीमा हमेशा अपने दुखों को भुला दिया करती थी। दुखों की एक परत दूसरे दुखों की परत पर जमा लिया करती थी। उसके पति और बच्चे उसके इस बड़प्पन को उसकी कमज़ोरी समझ लेते थे। सीमा को बचपन से ज़ोर-ज़ोर से लड़ना बहुत छोटापन महसूस करवाता था। अगर उसकी बात के जवाब में कोई ऊँची आवाज़ में उत्तर दे तो वो घबरा-सी जाती। उत्तर सुने बगैर विनती करने लगती थी धीरे बोलने की, मगर आज तो जैसे साँप ही सूँघ गया हो। उसने तो अपने बच्चों को कभी हाथ तक नहीं लगाया था, तो फिर भला चिल्लाती कैसे!

मगर न मालूम कैसे समाँ ऐसे चिल्लाने लगी है, जैसे उसके माता-पिता के बड़े-बड़े आम और अमरूद के बागों की रखवाली करने के लिए मुसहर रखे जाते थे जब वो ठर्रा या ताड़ी पी लेते तो घर आकर पत्नी पर चीख़ते-चिल्लाते बात-बे बात मारते, गाली देते और फिर उसी पत्नी समेत गुदड़ी में घुस जाते। रात की दुल्हन की अँधेरी चादर उनको अपने परदे में समेट लेती पर उससे पहले इतना शोर मचाते कि कोठी वाले लोग भी जाग जाते। सवेरे अम्माँ जी उन लोगों को बुलवाकर भैया-बाबू कहकर बिगड़ती-समझातीं पाँच-दस रुपया देकर कहतीं अपनी दुलहिन को दे देना। उसका ख़याल रखा करो कब से मायके नहीं गई है। सीमा सोचती अगर आज अम्माँ जी जीवित होतीं तो क्या समाँ को भी कुछ समझा पातीं।

सीमा की सोच भटकती पर फिर उसी बिन्दु पर आकर अटक जाती। हालाँकि समाँ को तो बहुत बड़े-बड़े प्राइवेट स्कूलों में पढ़ाया गया है। काम काज और एटिकेट्स सीखने फिनिशिंग स्कूलों में अलग से पैसा बहाया गया था। क्या नमूना निकला है इस पैसे की बर्बादी का। सीमा यह सब सोच तो रही थी पर डर भी रही थी कि कहीं उसकी सोच की गूँज समाँ के कान में न पड़ जाए...! उसके सोचने पर पति का ताला शुरू दिन से लग गया था। शायद, समाँ अपने पिता पर पड़ गई है। सीमा ने आज ये भी डरते-डरते सोचा। बाप के पैसे तो मज़े से उड़ाती है पर उनकी तरह का कह दो तो बिगड़ जाती है।

सीमा का दिमाग़ थकने लगा था। वह ऊपर अपने बेडरूम की तरफ़ चल दी। अपने कमरे को अन्दर से बन्द करके पलंग पर टेक लगाकर बैठकर सोचने में बहुत सुकून महसूस करती। कमरे की साँकल हमेशा उसके जीवन में उसके डर पर काबू पाने का काम करती रही है। आज वो समाँ से अलग बैठकर अपने को समझने आई थी कि उससे समाँ की परवरिश में कहाँ ग़लती हुई है। बार-बार एक ही ख़याल आता कि बाप ने उसको बिगाड़ दिया है हर समय उसको मेरी अमीर बेटी। मेरी शहज़ादी, मेरी वारिस, उसके कानों में

ठूँसते रहते। और वह गले में बाँहें डालकर लिपट जाती और फिर से सुनना चाहती कि बाप ने अभी जो कहा है, फिर से कहें। बाप आराम से दोहरा देते बिना सोचे-समझे कि इतनी सी बच्ची को अच्छे संस्कार देने के बजाय दौलत से खेलना सिखा रहे हैं। घमंडी बना रहे हैं। उनकी गोदी में बैठकर समाँ माँ को ऐसे देखती जैसे कह रही हो, "मेरी ओर देखो माँ, मैं तो शहज़ादी हूँ। माँगो माँ क्या माँगती हो...!"

इस समय आज पहली बार सीमा को समाँ के इस रवैये का अहसास हुआ तो उसने समाँ के बचपन में झाँकना शुरू किया। स्कूल से बुलाई गई थी माँ। डरी- सहमी माँ पहुँची तो वहाँ दूसरी माँ पहले से बैठी थी अपनी बेटी को गोद में लिये। जैसे ही सीमा उसके क़रीब गई तो ज़ोर-ज़ोर से बोलने लगी अंग्रेज़ी में..."देखो, तुम्हारी बदतमीज़ बेटी ने कैसे मेरी बेटी का हाथ नोचा है। किस क़दर ख़ून बह रहा है। डॉक्टर ने एंटीबायटिक दी है खाने को। तुम्हारी बेटी कितनी ज़हरीली है।"

समाँ ने जैसे ही उस लड़की को देखा कि वो अपनी माँ की गोद में बैठी हुई है तो वह भी जल्दी-जल्दी सीमा के कुरते का दामन पकड़कर नोचते हुए बैठ जाने के लिए ज़िद करने लगी। सीमा ने कहा, "हाँ बैठती हूँ, पहले अपनी टीचर को बैठ जाने दो बेटी मेरी।" जैसे ही सीमा बैठी वैसे ही समाँ भी गोद में चढ़कर बैठ गई और मुँह माँ के सीने में छुपा लिया। माँ भयभीत थी दूसरी लड़की का हाथ देखकर जो कि वास्तव में समाँ की इकलौती सहेली थी।"

पति के लाड़ का असर तो बचपन ही में सामने आ गया था। इतनी सी बच्ची ने कैसे समाँ का नाम माँ-बहन की गाली के साथ जोड़कर मज़े से उसको ज़हरीली कह दिया था। सीमा को चुप रहना पड़ा। मगर सोच में पड़ गई क्या यही संस्कार हैं इस देश के कोई सब्र, कोई इज़्ज़त नहीं अपने बड़ों की अपने गुरु की! ठीक ही तो कहते हैं अगर किसी परिवार का स्तर मालूम करना है तो उस परिवार के बच्चे से बात कर लीजिए। मिनटों में सारा कच्चा

चिट्ठा खुल जाएगा। बच्चा चाहे किसी भी उम्र का हो। उसके व्यवहार से अन्दाज़ा हो जाता है।

पर सीमा ने समाँ से पूछा कि उसने क्यों नोचा, तो समाँ ने बताया कि उसको यही वाली गाली दे रही थी। सीमा डर गई थी कि कहीं समाँ भी गाली देकर न बताने लगे। भगवान जी ने दया की कि ऐसा नहीं हुआ। सीमा जानती थी कि लंदन का उसूल है कि गाली कितनी ही दे लीजिए पर छूना मना है, वो जुर्म बन जाता है।

बाप साहेब ये सारे संस्कार देने के बजाय उसको शहज़ादी बनना सिखा रहे हैं। संस्कार देने के लिए सीमा को समय मिले तो वो बात कर सके बच्चों से। बाप अगर अच्छे संस्कार नहीं दे सकता तो चुप रहे फ़ालतू बातें तो न करे बेटी से!

आज जब सीमा बन्द कमरे में टेक लगाकर आँखें मूँदकर अपने भीतर को टटोलने लगी तब आज की समाँ चारों ओर से माँ को नोचती और खरोंचे लगाती महसूस होने लगी। उसकी अपनी ख़ाल में जलन होने लगी, सर्दी के मौसम में गर्मी लगने लगी। उसने घबराकर आँखें खोल दीं। उठकर पानी पिया और फिर खुली आँखों से सोचने लगी।

सोचना उसके लिए जीवन का एक भयानक खेल था। हर समय समाँ ही सामने आ जाती। गुर्राती हुई पंजे मारने वाली बिल्ली की तरह। चुपचाप बड़ी-बड़ी आँखें फाड़े, होंठों को भींचे लम्बी-चौड़ी पहाड़ जैसी, सीमा के सामने दीवार बनकर खड़ी होकर चुनौती देती हुई।

“कर लीजिए जो करना है, मैं भी समझ लूँगी आपको।”

सीमा फिर घबरा गई। क्या ये मेरी औलाद है.! सीमा अपने आप से पूछने लगी।

ये तो ऐसी बात थी किसी से बाँटी भी नहीं जा सकती थी, पति से भी नहीं।

सबसे बड़े दुश्मन तो वही थे। समाँ को बिगाड़ने में उन्हीं का तो हाथ था। अगर सीमा उनसे दुख बाँटना चाहती तो फट उत्तर खींचकर मारते कि “आपने

संस्कार ही ऐसे दिए हैं वरना मेरी शहज़ादी तो कोमल-सी गुड़िया थी, उसको जिस साँचे में आप चाहतीं तो ढाल सकती थीं।"

अगर साँचे को आप पहले ही से तोड़ देंगे तो जो चीज़ भी ढाली जाएगी टेढ़ी-मेढ़ी निकलेगी। गाँव में कुम्हारन बड़े से टोकरे में भरकर जो खिलौने घर-घर बेचने ले जाती थी वो सब टूटे हुए साँचे के होते और सस्ते बिक जाते। बेटी के संस्कारों का साँचा तो बाप तोड़ चुका था अब गिला किससे करना।

सीमा घर के वातावरण से घबराकर एक सप्ताह के लिए दौरे पर चली गई। हालाँकि काम कर-करके थक चुकी थी कहीं घूमने, सुकून से आराम करने जाना चाहती थी, मगर जो आपका जी चाहे वो हमेशा नहीं हो पाता है। जब वो सप्ताह भर बाद वापस आई तो समाँ ने मालूम नहीं क्या ज़हर घोल दिया था कि कोई उससे मिलने नीचे नहीं उतरा सब ऊपर चढ़े बैठे रहे।

आज बरसों बाद सीमा ने भी समाँ के नाम के साथ 'ज़हर' शब्द का प्रयोग कर ही लिया, अनजाने में। फिर अपने को बुरा-भला कहने लगी।

सीमा ने कमरे के किवाड़ के बाहर किसी के चलने की आहट सुनी तो उसको महसूस हुआ कि उसकी नातिन लाली है। हिम्मत बटोरकर अपनी नातिन को आवाज़ दी, "लाली बिटिया, लाली बिटिया, आवाज़ें देती रही पर उसकी अपनी आवाज़ दीवारों से टकराकर वापस आकर मुँह चिढ़ाती रही और गूँजती रही उसके बन्द कमरे में। लाली दबे पैरों कहीं खो गई और सीमा के आँसू इस समय अकेले में विद्रोह कर बैठे और बाँध तोड़कर गालों से होते हुए गर्दन को भी गीला करते हुए सीने में समा गए। वो घुट गई, बिखर गई, एक लाली ही तो है जो केवल उससे प्यार करती, उसके साथ सोती, उसका बाथरूम शेयर करती, तो क्या अब समाँ ने उसको भी सीमा से अलग कर दिया है। क्या वो भी सीमा से दूर हो गई है?"

नाती तो पहले से ही माँ के कहने में था। उसने सीमा से बोलना बन्द कर दिया था। इस दुख को तो वो झेल ही रही थी कि आज लाली से भी जुदाई हो

गई। वो दुखी बैठी रही फिर अपने आप को आप ही मनाया। समझाया कि बच्चे हैं समय के साथ ठीक हो जाएँगे। जब से वापस आई थी भूखी-प्यासी बैठी थी किसी ने पानी को भी नहीं पूछा था।

धीरे-धीरे बिस्तर से पैर नीचे उतारे, चप्पल तक पहुँचने का सफ़र मुश्किलों से गुज़रा क्योंकि सोच तेज़ चल रही थी शरीर के अंग-अंग जैसे निष्प्राण हो चले थे। हिलते-डुलते नहीं बन रहा था। लगता था जैसे जोड़ों में ज़ंग लग गया हो सोचने की शक्ति भी जवाब दे गई थी। एक ही प्रश्न बार-बार परेशान किए जा रहा था कि मैंने क्या किया है जिसकी सज़ा मेरे बच्चे मुझको दे रहे हैं।

किसी तरह धीरे-धीरे चलकर रसोई में पहुँची तो वहाँ केवल समाँ थी उसने अपना दाल-चावल पकाया हुआ था। सीमा जाकर खड़ी रही कि समाँ हटे तो वो भी अपने लिए कुछ बना ले।

ना जाने क्यों समाँ ने कटोरी में दाल निकाली और सीमा को चावल के साथ परोस दी। जब समाँ दाल डाल रही थी तो सीमा समझी थी कि अवश्य ही वह अपने लिए परोस रही है पर जब उसने माँ को डालकर दे दी तो न जाने क्यों समझ नहीं आई कि इतनी नफ़रत के बाद अचानक ये दाल-चावल मुझे क्यों दे रही है?

उसके कानों में उसके कहे शब्द गूँजने लगे, "आप मर क्यों नहीं जातीं इतनी दवाएँ खा-खाकर अपने को क्यों ज़िन्दा रख रही हैं!" "आपकी बेटी ज़हरीली है।" सामने शिवजी के गले में ज़हर अटका हुआ है। ज़हर, दाल, चावल, ज़हर।

सीमा ने दाल ख़ामोशी से एक ओर को खिसका दी और तेज़ी से रसोई से बाहर निकलकर भाग गई।

गहरी-गहरी साँसें

"आनी! आज न जाने क्यों ऐसा महसूस हो रहा है कि अपना मन आपके सामने खोल दूँ। मैं बोलती जाऊँ, और आप तक मेरी सारी कहानी पहुँच जाए। नहीं आनी मुझमें किसी भी तरह की कोई गिल्ट की भावना नहीं है। मैं केवल आप तक वो पहुँचाना चाहती हूँ जो आप नहीं जानती हैं। हमारे जीवन में ऐसे बहुत से रहस्य हैं जिनके बारे में सोचने पर ही नाक पर कपड़ा रखना पड़ता है। इतनी सड़ाँध महसूस होती है।"

"आप तो मुझे मेरे बचपन से जानती हैं। क्या कभी मैंने आपसे ऐसे बात करनी चाही थी? कभी भी इतना बोलने की इच्छा ज़ाहिर की थी?"

"सच तो यह है कि मेरे लिए अधिक बोलना समय की बर्बादी है। हमारे जीवन में जो भी समय है वो केवल पकड़ने के लिए है। हम हैं उसके पीछे भागने के लिए, और मैं भागती रही समय के पीछे। और समय! वो आँख-मिचौली खेलता रहा, वो आँख-मिचौली भी तो मेरी ख़ुशी के लिए खेलता था। उसे मालूम था कि मुझे भी एक ब्रेक, विश्राम करने का अवसर चाहिए। कब तक भागती रहूँगी। अपने से। क्या कोई आज तक अपनी परछाईं से भाग सका है? सर्दियों की रात की बेहद सुन्दर फैली हुई ठंडी-ठंडी चाँदनी में अपनी सिकुड़ी हुई परछाईं कितनी भयानक लगती है। जी चाहता है कि परछाईं से छुटकारा हासिल कर

लूँ। मगर ऐसा हो नहीं पाता है। आनी आपने कभी अपनी परछाईं को छोड़कर भागने का प्रयास किया है?"

"मेरे बाप ने जब बताया कि वो मुझे लन्दन भेज रहे हैं आगे पढ़ने के लिए। आप हैरान हो रही हैं न कि मैं अपने पिता को इतनी बदतमीज़ी से अपना बाप क्यों कह रही हूँ? हालात ही कुछ ऐसे हैं। शुक्र तो यह है कि मैं उन्हें मिस्टर वर्मा या ख़ाली वर्मा नहीं कह रही। हाँ तो मैं बता रही थी कि मेरे बाप ने मुझे लन्दन भेजने का फ़ैसला लिया हालाँकि उनके पास फ़ीस देने के लिए काफ़ी पैसे नहीं थे। फिर भी मुझको भेज रहे थे, और हाँ, मुझे यह इंस्ट्रक्शन भी दी थी कि दिल लगाकर पढ़ना होगा। घूमने-फिरने की ओर से एहतियात बरतना होगा क्योंकि उसमें भी पैसे ख़र्च होंगे। मेरे लिए सबसे ज़्यादा ख़ुशी की बात यह थी कि लन्दन में 'आप' मेरी गार्जियन होंगी। मगर मैं अपनी ख़ुशी को छिपा गई। क्योंकि मेरे बाप मुझे ख़ुश देखकर फ़ौरन निर्णय में बदल देते कि मैं ख़ुश क्यों हुई। कोई गड़बड़ तो नहीं है! मेरे बाप दूसरों को ख़ुश देखकर दुखी हो जाते हैं। जलन उनके दिलो-दिमाग़ को डसने लगती है। शायद ममी की बुराई कर-करके इसी तरह के व्यवहार के आदी हो गए थे। किसी की प्रशंसा भी नहीं सुन पाते थे। हर समय अपनी ही प्रशंसा सुनना चाहते बल्कि कुछ ऐसे ख़ास लोग रखे हुए हैं जिनका काम ही यही है कि बादशाह सलामत के सामने ख़ुशामदी बातें करें और हर बात पर वाह-वाह करते रहें। इसी को कहते हैं 'हलाल की खाना।'

आनी, आप कितनी चालाक हैं! आपने भी तो ये सुनकर कि मेरी गार्जियन बनाई जा रही हैं यही तो कहा था कि "बहुत ज़िम्मेदारी हो जाएगी" फिर मुझको कितने प्यार से देखा था, कनखियों से। ममी कितनी ख़ुश हो गई थीं क्योंकि वे मेरे इतनी दूर जाने से घबरा रही थीं कि उनको अकेलापन और काटने लगेगा।

वे तो भीड़ में अकेली थीं। बम्बई से उठकर कानपुर आ गई थीं। उनका तो जन्म भी बम्बई में ही हुआ था। बॉम्बे आर्ट्स कॉलेज से डिग्री ली थी। उनके अंक सबसे अधिक थे। पुराने दिनों में तो सौ में से पचहत्तर अंकों को डिसटिंक्शन

कहा जाता था पर अब 75 नम्बरों वाला ज़माना चला गया है। अब तो अच्छे विद्यार्थियों से 90 और 95 प्रतिशत की आशा रखी जाती है। गणित में तो पूरे नम्बर लाने होते हैं।

मेरी ममी के 100 में से 96 अंक आए थे! मेरी ममी उस दिन ख़ुशी से नाच रही थी मामूली बात थोड़ी ही थी फ़ाइन आर्ट्स और क्लासिकल नृत्य की डिग्री ली थी। बम्बई की बेटी थीं तो ऊपर से बॉलीवुड डांसिंग तो विरसे में मिली थी...आज सारा परिवार ममी के बांद्रा वाले घर में बधाई देने आ गया था कलकत्ते से हवाई जहाज़ से मिठाई मँगवाई गई थी। जो अतिथि आता "ओ! कलकत्ते की मिष्ठी" कहते हुए मिठाई मुँह में भर लेता। आपको मालूम है कि उस दुकान का सन्देस केवल भारत में ही नहीं, फ़ॉरेन में भी भेजा जाता है। यह बड़ी नाज़ुक मिठाई होती है इसको कुँवारी युवती की भाँति आइस बॉक्सेस में रखकर बाहर भेजा जाता था। ये केवल एक ऐसी मिठाई है जिसका नाम तो मिठाई है पर ऐसी गऊ माता का दूध लिया जाता है जो राजनीतिज्ञ की तरह लच्छेदार नहीं संगीत की तरह सुरीली होती हैं। इसलिए असली सन्देस में चीनी नहीं भरी होती है। डायबिटीज़ के रोगी भी चख सकते हैं। मगर आनी, क्या आपको याद है कैसे लोग मुँह में इतने सन्देस भर लेते थे कि बधाई देने में भी परेशानी होती थी बिलकुल वैसे ही जैसे लोग मुँह में पान भरकर मुँह को आकाश की ओर उठाकर बोलते हैं। लाल-लाल ख़ूनी छींटे अपने ही मुँह पर वापस बरसते हैं।

मेरी ममी पर बधाइयों की वर्षा रिम-झिम रिम-झिम बरस रही थी। ममी भावुक हो गई थीं अपनी ख़ुशी के आँसुओं से आप ही सराबोर हो रही थीं, आनी! आपको तो याद होगा मेरी ममी के गालों पर शाम के ठंडे सूरज की लाली फूट रही थी...हाँ आनी, मैं अपनी ममी को जिस रूप में चाहूँ देख सकती हूँ। उनके जन्म की पहली झलक भी महसूस कर सकती हूँ। ममी के काले सिल्क के तारों जैसे चमकते हुए बालों की चादर लपेटे जब वो अपनी डेनिम की जीन्स और सफ़ेद कुर्ते में कथक जैसी चाल चलतीं तो हर पग उनके गोल-गोल बॉटम्स के

मूवमेंट, बालों से सितार जैसी रागिनी-भैरवी के कोमल सुरों के सरगम की तान गूँज रही होती तो ये सदा सुहागन रागिनी भी अपने उन कोमल सुरों को ले उड़तीं।

पर मेरी ममी तो कभी भी सदा-सुहागन न बन सकीं! आनी आप सोच रही होंगी कि मैं पागल हो गई हूँ। हाँ, आनी मैं हो गई हूँ पागल! मन करता है कि अपनी ममी के गुज़रे हुए हर उस ख़ूबसूरत पल को उस ज़ालिम के चंगुल से छीनकर वापस लाकर ममी को उन पलों में लपेट दूँ। कि जैसे ममी की हर साँस से होली के रंग फैल रहे हों...और उनका मुरझाया हुआ चेहरा गुलाल हो जाए!

आनी, मैं भी तो ममी ही की बेटी हूँ; जैसे वो अपने बनाए चित्रों में हर रेखा के कोई न कोई अर्थ समझा देती हैं वैसे ही मैं भी ममी के हर क़दम के अर्थ समझ जाती हूँ पर बेचारी मेरी ममी क़दम उठा भी नहीं पाती है कि वहीं कुचल दिया जाता है। हर भावना चकनाचूर कर दी जाती है। आनी आपको मालूम ही नहीं होगा कि ऐसे शिकार कैसे तड़पते होंगे। कभी आपने ज़ख़्मी हिरण की कजरारी आँखों में जीवन की भीख को अनुभव किया है? नहीं आनी आप तो मखमल पर चलने वालों में से हैं जिनके पैरो में ज़मीन पर चलने से भी छाले पड़ जाते हैं।

आनी, मैंने अपनी ममी के ज़ख़्मी व्यक्तित्व को देखा है; उनकी रोती हुई आँसुओं की प्यासी आँखों को देखा है। जब वहीं उसी ज़मीन पर मेरी ममी को पुराने घर में हम आधे दर्जन बच्चों को छोड़कर मेरे बाप ने एक मिनट के फ़ासले पर नया लाल ईंटों का घर बनवा लिया था। उन दोनों घरों को जोड़ने के लिए पुराने माली बाबा ने ऊपर से फूलों की बेलें चढ़ाकर लम्बा सा मंडप जैसा बना दिया था। हम बच्चे बहुत ख़ुश हुए थे अपने बाप के इस फ़ैसले पर क्योंकि पुराने घर की ईंटों का रंग भी मेरी ममी के रंग की तरह फीका पड़ चुका था। घर तैयार हुआ। मेरा बाप अपनी कपड़ों की अलमारी ख़ाली कर उधर को चल पड़ा और हम सब हमेशा की तरह आज भी इन्तज़ार ही कर रहे हैं। ममी के जीवन का तो अर्थ ही इन्तज़ार है। वो आज भी अच्छे समय के इन्तज़ार में हैं। मेरी भोली-भाली मासूमियत से भरपूर माँ, म, माँ!

आनी, मैंने झिझकते हुए ममी के सामने एक प्रस्ताव भी रखा कि वे मेरे साथ लन्दन चलें!

आप जानती हैं आनी उनका उत्तर क्या था, "तुम्हारे पापाजी की देखभाल कौन करेगा। उनकी आँखों में दवा कौन डालेगा, उनका खाना कौन पकाएगा?" आनी मैं तो उनको आँखें मल-मलकर देखने लगी कि ये मेरी माँ है किस ग्रह की प्राणी? जी चाहा कह दूँ कि वही बेग़ैरत औरतें जो रात के अँधेरे में उनकी सेवा करती हैं। मैं चुप हो गई कि ममी का दिल दुखाने से क्या हासिल होगा। मगर मैं उसी दिन समझ गई थी कि ये पुरुष एक पाक पवित्र पत्नी को अपनी जेब में समाज को दिखाने के लिए अपनी इज़्ज़त का प्रतीक बनाकर रखते हैं, और बिस्तर में खेलने का खिलौना बदलते रहते हैं।

आनी, मैंने उस समय ममी के गालों का आता-जाता रंग देखा था जब उनका पति अपनी सुहागन पत्नी को जीते-जी विधवा बनाकर के दूसरी औरतों की आग़ोश की रौनक़ बनने जा रहा था और वो भी दो मिनट के फ़ासले पर और मैंने वो रंग भी देखा जब मेरी ममी हर सुबह की तरह आज भी अपने ख़ूबसूरत बालों को धोकर अपने 'उजड़े दयार' की खिड़की से खड़ी अपने सुहाग को उजड़ता देख रही होती थीं। उनकी सोच भी कुछ अजब ही थी। यदि हर रात कोई नई-नवेली वेश्या होती तो वह सुकून महसूस करती थी। डर था कि कहीं कोई जम न जाए, अगर कोई जम गई तो उनका पत्ता कट जाएगा। रोज़ाना की आती-जाती बीमारी तो ठीक भी की जा सकती है पर पक्की पुरानी सड़ी-गली आदतों का कोई इलाज नहीं, उनकी सड़ाँध पीछा नहीं छोड़ती, वो तो घुन बनकर लग जाती हैं, दीमक बनकर चाट जाती हैं। फैले हुए कैंसर की तरह तिल-तिल जलाती हैं, मेरी ममी दीवाली का वो अन्तिम दिया बन गई जो सवेरे तक अकेला ही टिमटिमाता रहता है बेमक़सद, उखड़ी हुई साँसों की तरह।

अब जीन्स और स्कर्ट पहनकर ये गन्दी औरतें जो शादीशुदा मर्दों के बिस्तर की रौनक़ बनती हैं, वो अपने को 'तवायफ़ या वेश्या' नहीं कहलवाना चाहती

हैं, वे तो गर्लफ्रेंड्स होती हैं। यह भी एक मॉडर्न तरीक़ा है। पुरुषों की दुनिया के क़ानून भी निराले हैं। पुरुष जब चाहे अपनी पत्नी को ठंडी लाश घोषित करके दूसरी औरतों में गर्मी ढूँढ़ता फिरे। हर औरत को ममी की तरह ही घुटना है।

मेरे नानाजी ने ममी से वादा किया था कि अगर अच्छा रिजल्ट लाएँगी तो उनके लिए स्टूडियो बनवा देंगे। पेंटिंग करने के लिए और डांस की प्रैक्टिस करने के लिए। मेरी ममी ने भी सपने बुनने शुरू कर दिए थे।

उन सपनों में न जाने कहाँ से मेरे बाप ने सेंध लगा ली थी और शामिल हो गए थे मेरी ममी के बुने हुए सपने उधेड़ने में। ऐसा जादू चलाया था कि मेरी सुन्दर सजल सरल सुहानी ममी घूँघट में घुसकर कानपुर आ पहुँचीं। आनी आप तो ममी के जीवन में मेरे जन्म के बाद ही आई थीं। शायद भगवानजी ने मेरी गार्जियन उसी समय भेज दी थी, लव यू आनी, रीयली लव यू।

"आनी, आजकल तो आप मुम्बई के सेमिनार में हैं। मुझे पूरी उम्मीद है कि जब मैं लन्दन पहुँचूँगी तो आप पहले से वहाँ पहुँच चुकी होंगी। आप मेरे लिए एक मज़बूत सहारा होंगी परदेस में।"

आनी, आप यही मालूम करना चाहती हैं न कि क्या मैंने कभी कुछ पाने के लिए प्रयत्न किया है, मेहनत की है? हाँ आनी मैंने रात-दिन पढ़ाई की है, अपने जेब ख़र्च के लिए नौकरी भी की है, केवल उन पलों के लिए जो मेरा अपना जीवन होंगे, मेरे अपने फ़ैसले होंगे, मेरी अपनी ख़ुशी होंगे, मुझे अपने ख़ुशी के पलों में अपने उस बाप की मिलावट नहीं चाहिए जिसे घर को घर बनाना नहीं आया। अपनी पत्नी से अधिक आकर्षक अनजानी औरतें लगीं...!

मैं अपनी फ़ैशन की दीवानी माँ की तरह जीवन भर अपनी मर्ज़ी के विरुद्ध साड़ी लपेटे नहीं जी सकूँगी! आपको पता है आनी, डेविड को मेरे ऊपर मिनी स्कर्ट और शॉर्ट्स बहुत अच्छे लगते हैं। कहता है मेरी लम्बी-लम्बी टाँगें भगवान ने बनाई ही इसीलिए हैं। उन्हें कमर से नीचे बँधी हुई साड़ी और पूरी पीठ खुली हुई ब्लाउज़ पसन्द है। यही सब तो मुझे भी अच्छा लगता है। हम गर्मियों में

समुद्र के किनारे धूप में घंटों पड़े रहते हैं। रातों को देर तक किसी अच्छे होटल या क्लब में खाते हैं, पीते हैं और ख़ूब नाचते हैं। आनी यही तो जीवन है, हमारी पीढ़ी में इसी को जीना कहते हैं। मैं अपने को ममी की तरह भारतीय दब्बू नारी के रूप में नहीं ढाल सकूँगी। कभी नहीं, कभी भी नहीं।

आनी, क्या आप समुद्र की दिशा बदल सकती हैं? उसकी लहरों को क़ाबू कर सकती हैं? ऊँचाई पर उड़ते हुए बाज़ को नीचे उतार सकती हैं? नहीं ना।

नहीं कर सकती हैं ना? तो फिर डर किस बात का है? आपको पता है मेरी पीएच.डी. मामूली बात नहीं है। मुझे बड़ी-बड़ी कम्पनियों से बुलाया जा रहा है पर मैं सोच रही हूँ डेविड के साथ मैं भी यूनिवर्सिटी में पढ़ाना शुरू कर दूँ। बच्चे पालने के लिए भी पढ़ाना ही बेहतर होता है आने-जाने का समय छुट्टियों का समय सब साथ ही साथ होता है। इस तरह हम दोनों को साथ रहने का अवसर अधिक मिलेगा अगर अधिक पैसों की आवश्यकता होगी तो फिर अधिक पैसों वाली जॉब ले लूँगी।

"हाँ आनी, अब मैंने फैसला कर लिया है कि मैं डेविड से शादी कर लूँगी।"

"पर आप चौंक क्यों गईं? वह बहुत बड़ा विद्वान है आनी! आनी बरसों से मेरा गाइड है। हम दोनों बहुत प्यार करते हैं एक दूसरे को।"

"और हाँ आनी, मैं आपको यह भी बता देना चाहती हूँ कि मुझे अपने परिवार वालों की पसन्द की शादी नहीं करनी है। पति के साथ मुझे जीवन बिताना है। मुझे ममी की कहानी नहीं दोहरानी है।"

"आनी, आप भी कुछ कहिए ना। आपका ये मौन मुझे नहीं चाहिए, ये मौन मुझे डरा रहा है!"

ये सब याद है न आपको? मैं कैसी पागल हो गई थी आपकी ख़ामोशी से। तब और पागल हो गई जब आपने कहा।

"बेटा, यह सुनकर तुम्हारे पापा तुम्हारी माँ का जीवन नरक बना देंगे, वैसे मुझे कोई बाधा नहीं है।"

और मैं भी बाप की ही बेटी बनकर सोचने लगी। स्वार्थी सेल्फ़-सेंटर्ड और ज़ालिम!

हाँ आनी, आप बिलकुल सच कह रही हैं और यह भी सच है कि आपने मेरी बीमारी में जैसे मेरी देखभाल की वैसे एक माँ ही अपने बच्चे के लिए कर सकती है। उस रात आप दो बजे रात को अपने घर से निकलकर मेरे फ़्लैट पर सवेरे चार बजे पहुँची थीं। स्ट्रैटफ़र्ड आपके घर से कितना दूर है। आपने परवाह नहीं की। और मुझे दर्द से तड़पता उठाकर अपने घर ले गई थीं और सारा-सारा दिन सारी-सारी रात मेरे साथ जागती थीं। बीमारी का मालूम ही नहीं हो पा रहा था कि ये दर्द कहाँ से निकलता है और क्यों पूरे वजूद में फैल जाता है। बिलकुल मेरी ममी का जीवन बन गया था मेरा दर्द। ममी को भी नहीं पता चल सका कि उनके इस ज़हरीले जीवन का कारण क्या है। उनको ये सज़ा क्यों मिल रही है। वही हाल मेरा भी था पर तीसरे दिन आपने डॉक्टर और अस्पताल दोनों बदल दिए और उसी दिन इमरजेंसी में मेरा ऑपरेशन हो गया था।

आपको याद है न आनी कि आप सारी रात जागीं। आनी उस हालत में भी मैं आपके लिए परेशान थी। जी चाहता था आपका हाथ ज़ोर से पकड़े रहूँ और इन हाथों को कभी भी अपने से जुदा न होने दूँ। आपके हाथों को पकड़कर ऐसा लगता था कि मौत का सामना भी आसानी से कर लूँगी क्योंकि डॉक्टर ने बता दिया था कि ऑपरेशन गम्भीर है। मैंने केवल गम्भीर सुना और एकदम से ममी याद आ गईं। आँसू निकलने से पहले ही आपने कैसे फ़ौरन प्यार से मेरा हाथ अपने गरम-गरम नरम-नरम मज़बूत हाथों में पकड़कर हल्का सा दबाया जैसे कह रही हों। "घबराओ नहीं मैं जो हूँ।"

मुझे चैन-सा आ गया था। बहादुर बन गई थी मैं। आनी जब आँख खुली तो ऑपरेशन हो चुका था। ऑपरेशन से पहले जो इंजेक्शन दिया गया था और जैसा महसूस हुआ था जी चाहता है जीवन वैसा ही हो जाए। आनी लगता था जैसे ऐसी दुनिया में जा रही हूँ, जहाँ केवल रंग हैं, फूल हैं, सुर हैं, ख़ुशबू है।

मैं और डेविड हैं, मैं उसी में डूबती चली जा रही हूँ!

आनी, समय भी कितना कठोर होता है कैसे जीवन से आगे-आगे भागता है बिलकुल रेलगाड़ी की तरह। आप आगे को दौड़ रहे होते हैं और गाड़ी से बाहर सड़क, नदी-नाले, पेड़-पहाड़, पशु-पंछी सब पीछे को भाग रहे होते हैं। ऐसे ही हमारे इनसानी रिश्ते भी होते हैं। ज्यों-ज्यों आप आगे बढ़ते हैं त्यों-त्यों आपके जीवन से जुड़े निकट से निकट वाले नाते-रिश्ते कहीं पीछे को छूट जाते हैं। बिलकुल रेल यात्रा की तरह। उजाले और रोशनी की तरह। सुबह होती है तो कितनी प्यारी लगती है। हम सारा दिन ऐसे व्यस्त रहते हैं कि अहसास ही नहीं होता कि कैसे जीवन से रोशनी चुपके से खिसक जाती है और अँधेरी रात चुपके-चुपके भीतर घुस आती है और आवाज़ दे रही होती है कि आओ और मुझको गले लगा लो इसके अतिरिक्त कोई चारा नहीं, और हम मजबूर हो जाते हैं आँखें बन्द कर लेने के लिए।

आनी, क्या आपने कभी सोचा है कि प्यार और प्रेम की कोई सीमा नहीं होती?

वहाँ विस्तृत आकाश होता है, गहरा समुद्र होता है, कड़ी धूप और ठंडी हवा होती है, सावन की लड़ी, मोती की झड़ी और घने दरख़्तों की छाँव होती है, और प्रेम लपेट लेता है अपनी आग़ोश में दो धड़कते दिलों को।

आनी, आज आपको मैं एक बहुत अहम बात बताने जा रही हूँ, बुरा मत मानिएगा। आपको तो मालूम ही है कि मेरी थीसिस पूरी हो चुकी है। अब मैं और डेविड शादी कर लेंगे। और इसके बाद हम पापा की शक्ल भी नहीं देखना चाहेंगे। अपने बाप के अलावा सभी रिश्ते मेरे अपने हैं। ममी, बहनें, भाई, वे सब मेरे दिल में रहेंगे। मैं जानती हूँ कि उनमें से कोई भी उस जल्लाद की इजाज़त के बिना मुझसे सम्पर्क नहीं रख पाएगा। मगर वे सब मेरे अपने हैं। और आप भी।

सुन रही हैं न आप आनी। आप फ़ोन पर तो हैं न आनी, चुप क्यों हैं जवाब दीजिए न, कुछ तो बोलिए। आप चली गईं क्या, आप हैं नहीं क्या? गहरी-गहरी साँसें तो सुनाई दे रही हैं!

तमाम उम्र का हिसाब

लन्दन का मौसम ठीक इनसान के मिज़ाज की तरह होता है।

इनसान ही की तरह मौसम के मिज़ाज का भी कुछ पता नहीं चलता कि कब धुआँधार गरज-चमक के साथ तूफ़ान आ धमकेगा! आज सुनहरी-चमकती हुई धूप में हल्की सी शीतल-शीतल खुनकी थी जिसके कारण सीमा का मन और अधिक खिला जा रहा था।

मगर शाम होते-होते मौसम ने ऐसा पैंतरा बदला कि घर से निकलकर कार में बैठना भी असम्भव-सा हो गया। आज हेयर ड्रेसर से जो बाल बनवाकर आई थी उसका ऐसा कबाड़ा हुआ कि मिनटों में ही मैडम सीमा से सीमा बिटिया बन गई। बाल गीले होकर सिर से चिपक गए। अब समय भी नहीं था कि घर में जाकर आप ही बाल सुखा ले। हवाई जहाज़ के आने का समय भी वही था जिसे यहाँ की भाषा में पीक का समय कहा जाता है। बसें, कारें, साइकिलें, रेलगाड़ियाँ और पैदल बच्चे, बूढ़े, जवान और कुत्ते सब घरों की ओर भाग रहे होते हैं। इसलिए सीमा ने समय से दो घंटे पहले निकलने का प्रोग्राम बनाया था। निकल तो गई थी पर कारें चींटी की चाल से रेंग रही थीं।

सड़क बारिश के पानी पड़ने से चमक रही थी। सड़क की बत्तियाँ भी आप ही जल उठती हैं। अँधेरे और रोशनी का अनुमान उन्हें आप ही लगाना होता है।

उन बत्तियों की परछाईं गीली सड़क पर पड़ रही थी बत्तियों से निकलती किरणें कार चलाने वालों की आँखों में चुभ रही थीं। कार के वाइपर्स अपना काम करने की धुन में लगे हुए थे। कार की सामने वाली शीशे की चादर से सड़ाप-सड़ाप करते हुए दोनों वाइपर्स पानी समेटते हुए बीच में मिलते और फिर बिछड़ जाते। सीमा सोचने लगी मेरी प्रिय दीदी के साथ भी यही हुआ है कि दोनों मिले पर अब हमेशा के लिए बिछड़ गए हैं।

सीमा के दिल की घड़ी इन सबसे कहीं अधिक तेज़ी से दौड़ रही थी। हे भगवान मैं समय पर पहुँच जाऊँ वरना मेरी विधवा दीदी कितनी घबरा जाएगी। वो बेचारी विधवा होने के बाद पहली बार अपने घर से बाहर निकली हैं। सीमा के घर आ रही हैं, सीमा को क़रीबी रिश्तेदारों ने बताया कि उसकी बहन हर समय रोती रहती हैं। खाना-पीना भी छूट गया है। अकेले सोने में डरती हैं। पागलों की तरह अपने घर में इधर से उधर ऐसी बेचैन अजनबी सी चलती दिखाई देती हैं जैसे किसी ग़ैर का घर हो। क्या स्त्री का जीवन केवल पति से ही जुड़ा होता है उसका अपना कोई अस्तित्व नहीं होता!

मैं अपनी दीदी को वो सब कुछ दे सकती हूँ। और इससे भी अधिक ख़ुशियों से भरा जीवन दूँगी मैं अपनी दीदी को।

"सुलाओगी कहाँ?"

"सुना है अकेले सोने में डरती हैं?"

"और ये भी सुना है कि याददाश्त भी ख़त्म हो रही है।"

"और तुम्हें तो दिन भर बाहर रहना होता है, उनकी देखभाल कौन करेगा।"

"तुमने कभी सोचा है कि उन्हें लेकर बैठेगा कौन?"

कुछ व्यंग्य कसने के अन्दाज़ में पति परमेश्वर ने मुँह खोला। जब भी वे मुँह खोलते तो यही स्टाइल होता। सीमा डर रही थी कहीं उसकी दीदी से भी पति का यही व्यवहार रहा तो! वो बेचारी कितनी दुखी होंगी।। ये सोचते ही सीमा

की आँखें भीग गईं गोल-गोल पारदर्शी नमकीन पानी के क़तरे आँखों से निकले। गालों से लुढ़कते गरदन से गुज़रते हुए दुपट्टे के आँचल में जाकर दुबक गए। न मालूम कितनी औरतों के आँसू दुपट्टे के पल्लू में शरण ले लेते होंगे। दीदी की आँखें सीप के भीतर के हिस्से की तरह चमकती थीं। अब न मालूम कैसी हो गई होंगी उसकी आँखें! सब बहनों में दीदी सबसे सुन्दर समझी जाती थीं। अब तो अस्सी से ऊपर ही होंगी मेरी दीदी। इतनी देर से एअरपोर्ट पर खड़े-खड़े दीदी ही के बारे में सोचे जा रही थी।

"अरे, दीदी आप आ भी गईं?"

"तो क्या न आती!"

नहीं दीदी ऐसा नहीं, कहते हुए सीमा लपककर दीदी के गले में बाँहें डालकर लिपट गई, सिसकने लगी, बच्चों की तरह हिचकियाँ लेने लगी। पर दीदी संगमरमर की तरह सफ़ेद और ठंडी हो रही थीं। उनसे लिपटकर सीमा को प्यार की गर्मी के बजाय अनजानेपन की ठंडक-सी महसूस होने लगी। उसने सोचा दीदी इतना लम्बा सफ़र तय करके आई हैं शायद इसलिए थक गई हैं। सीमा ने दीदी के गले से तो बाँहें निकालकर उनको मुक्ति दे दी पर दोनों हाथों से उनकी एक बाँह पकड़े धीरे-धीरे लिफ़्ट की ओर बढ़ती गई।

दीदी ने धीरे से उसके हाथ को पीछे को धक्का देकर अपने को उसकी गिरफ़्त से आज़ाद करा लिया। अब दीदी अपनी पुरानी चाल चलने लगीं, पर झुक गई हैं अब तो। वरना पहले तो महारानी की तरह चला करती थीं। एक-एक पग सँभाल-सँभालकर उठातीं। नापकर-दबाकर ज़मीन पर रखतीं कि कहीं डगमगा न जाएँ। आज भी वो वैसे ही चलने का प्रयत्न तो कर रही थीं पर ताड़ के उस पेड़ की तरह जिसको अन्दर से घुन लग गया हो और वो गिरने से पहले झुक गया हो। लिफ्ट तक पहुँचने से पहले बोलीं सीमा आगे बढ़कर बटन दबाओ

जिसमें प्रतीक्षा न करनी पड़े। अरे! ये लिफ्ट इतनी बड़ी क्यों है? पूरा कमरे का कमरा लाकर सर पर खड़ा कर दिया हो जैसे।

जब मैं यहाँ पढ़ने आई थी तो पूरा एअरपोर्ट ही इससे बहुत छोटा सा था। थका हुआ इनसान घंटों बाद हवाई जहाज़ की क़ैद से जान छुड़ाए तो पैदल चल-चलकर टाँगें टूटने लगती हैं, मेरे तो पैर में गट्ठे भी पड़े हुए हैं।

"यह बताओ यहाँ से तुम्हारे घर का रास्ता कितनी देर का है?"

"अगर ट्रैफ़िक न मिले तो एक घंटे का।"

"अरे भई, क्या इससे क़रीब घर नहीं मिल सकता था तुम लोगों को?"

सीमा चुप रही। वह खोई हुई थी ये सोचने में कि जीजाजी के साथ छूटने से उसकी दीदी की ज़बान में कितनी कड़वाहट आ गई है। क्या असुरक्षित महसूस कर रही है?

दीदी का जीवन ही सबसे अलग रहा है। कैसे सुबह-सवेरे से लेकर रात दस बजे तक जीजाजी के साथ हंसों का जोड़ा बनी रहती थीं। परिवार के सारे पुरुष जीजा से जलन महसूस करते थे। मन-ही-मन चाहते थे कि उनकी पत्नियाँ भी उनके आगे-पीछे लगी रहें। उनकी मर्ज़ी के बिना घर से बाहर कदम तक न उठाएँ।

दीदी का तो प्रेम-विवाह था यहीं लन्दन में मिले थे दोनों। वो लन्दन आज के लन्दन से बहुत अलग था। दीदी को शायद इसीलिए वह लन्दन याद आ रहा था जहाँ उनका प्रेम परवान चढ़ा था। दीदी हाइड पार्क की बहुत चर्चा करती थीं जब घर वापस आई थीं।

कहते हैं प्रेमी हाइड पार्क में घंटों एक दूसरे की बाँहें पकड़े टहलते रहते थे या हरी-हरी शीतल घास पर पड़े रहते थे। दीदी ने आते ही गिटार सीखना शुरू कर दिया था। जब गिटार की क्लास जातीं तो सीमा ही उनका गिटार ढोती।

उसके बदले में सीमा को मणिपुरी नृत्य सीखने को कह दिया था। उसे मणिपुरी सीखने में कोई रुचि नहीं थी। और उस्ताद जी भी ऐसे सूखे कमान जैसे थे, लगता था जैसे उन्होंने समय से पहले ही जन्म ले लिया हो। पर दीदी के

उस्ताद फिल्मी हीरो लगते थे। सीमा डांस क्लास छोड़कर दीदी की क्लास में झाँका करती। गिटार की धुन सुनते-सुनते वह जैसे किसी अन्य लोक में पहुँच जाती थी। और फिर दीदी प्रिंटेड स्लीवलेस ब्लाउज़ और सादी बारीक साड़ी पहने कितनी सुन्दर लगती। दीदी के बाल भी छोटे-छोटे घुँघराले थे जो उनकी लम्बी गर्दन को और भी लम्बा कर देते थे। जब वापस चलने का समय आता तो सीमा दुपट्टा कमर पर कस के बाँध लेती क्योंकि बदमाश क़िस्म के लड़के साइकिल पर तेज़ी से आते और दुपट्टा खींचकर उड़ लेते। और फिर दुपट्टे का झंडा बनाए साइकिल पर आगे-पीछे चक्कर काटते। इस भयानक स्थिति से गुज़रने के बाद माँ की पंचायत में भी हाज़िरी देनी होती थी।

"ऐसा तेरे ही साथ क्यों होता है! तू नज़रें झुकाकर नहीं चलती होगी।"

"माँ, मैं सामने देखकर चलती हूँ वरना ठोकर खाकर गिर जाऊँगी तो दीदी का गिटार टूट जाएगा।"

"गिटार तू उठाती है?"

"जी हाँ।"

"तेरी दीदी ख़ुद क्यों नहीं उठाती?"

"माँ वो साड़ी और ऊपर से इतनी ऊँची हील पहनती है कि अगर ज़ोर से हवा भी चलेगी तो दीदी उलट जाएगी।"

"आइंदा ख़याल रखना ऐसा न होने पाए।"

"क्या ये हम ख़ुद कराते हैं जो माँ ऐसे बोल रही हैं!"

यह सीमा ने केवल सोचा बोलने की हिम्मत नहीं थी। उससे बड़ी दोनों बहनें लन्दन पढ़ने चली गई थीं सीमा को वहीं सरकारी स्कूल में दाख़िल कर दिया गया था। उसकी वो दोनों बहनें अंग्रेज़ी बोलतीं तो सीमा को बहुत अच्छा लगता। खुला मुँह लेकर उनके मुँह की ओर ताकती रहती।

आज लन्दन में सीमा अंग्रेज़ी बोल रही थी तो दीदी हिन्दुस्तानी। ट्रॉली पर सामान लिये पोर्टर आगे-आगे चल रहा था कार की ओर, दीदी अब सर्दी से

परेशान थी। कार इतनी दूर क्यों खड़ी की है? दीदी को फिर पुराना लन्दन याद आने ही वाला था कि सीमा ने दूर से ही रिमोट कंट्रोल से कार का बूट खोल दिया। पोर्टर सामान रखने लगा।

"तेज़ी से चलो कार की तरफ़ ऐसे अकेले सामान नहीं छोड़ देना चाहिए। मेरी ज्वैलरी उसी में है।"

यह सुनकर सीमा घबरा गई कि ज्वैलरी तो अपने साथ रखी जाती है।

कहीं रास्ते में चोरी न हो गई हो! मगर सीमा ख़ामोश रही।

पोर्टर को पैसे देकर सीमा ने ड्राइविंग सीट का दरवाज़ा खोला तो पीछे बैठी दीदी ने आवाज़ दी कि ड्राइवर कहाँ है? मैं गाड़ी ख़ुद ही चलाती हूँ और यहाँ अधिकतर लोग कार ख़ुद ही चलाते हैं। मैं तो इधर बैठ गई हूँ अब उतरकर सामने बैठने नहीं आऊँगी। आपको जहाँ ठीक लगे दीदी आप वहीं बैठिए। सीमा ने अभी बस गाड़ी चलाई ही थी कि आवाज़ आई।

"अरे भई, गाड़ी रोको मैं सामने आ जाऊँ पीछे झटका लगा मुझे। इसीलिए तो ड्राइवर की बात ही और होती है, वो दरवाज़ा खोलकर बैठाता भी तो है और उतारने के लिए भी लपककर दरवाज़े तक पहुँच जाता है, दरवाज़ा खोलने के लिए।"

मैं आती हूँ, दीदी आप बैठी रहिए मैं उतारती हूँ आपको।

घर के दरवाज़े पर नौकरानी और वे खड़े थे दीदी की प्रतीक्षा में। दोनों ने बढ़कर कार का दरवाज़ा खोला दीदी को कन्धे पर हाथ रखकर धीरे से बाहर निकाला और घर के भीतर ले गए। नौकरानी और सीमा ने सामान निकालना शुरू किया तो दीदी ने उनको आवाज़ दी कि नौकर को बाहर भेजें सामान उतरवाने को।

पतिदेव स्वयं ही दौड़े चले आए। नौकरानी को हुकुम देने लगे कि सामान उतारकर कहाँ ले जाना है, किस कमरे में रखना है। दीदी की आवाज़ आई घबराई हुई, "अरे भई, ये अकेले कैसे ले जाएगी कहीं मेरे नये सूटकेस

गिरा न दे! अरे भई आप लोग नौकर को क्यों नहीं बाहर भेजते सामान लाने के लिए?"

"हमारे पास केवल यही नौकरानी है।" सीमा ने डरते-डरते कहा।

"अरे भई, तो क्या डॉक्टर ने कहा था कि लन्दन जाकर बसो।"

"दीदी, आप ये बात ज़रा सीमा को समझा दीजिए कि रहने-बसने के लिए अपने ही देश जाना चाहिए। सीमा कहती है इस जैसा तो कोई और देश ही नहीं है। यहाँ की वेलफेयर पॉलिसी के गुण गाती रहती है और औरतों के राइट्स के बखान करती रहती है। यहाँ के एन.एच.एस.। सिस्टम यानी मुफ़्त चिकित्सा और फ्री-एजुकेशन के गीत अलापती है। इसी के चक्कर में मैं भी यहाँ से निकल नहीं पा रहा हूँ। फँसा हुआ हूँ।" पतिदेव ने अपनी रागिनी छेड़ दी।

"दीदी, आप पहले फ्रेश होना पसन्द करेंगी या चाय-कॉफ़ी लाऊँ?"

"मैं सोचती हूँ पहले नहा लूँ। अपनी नौकरानी को मेरे सूटकेस में से नाइटी और गाउन निकालकर दे दो कि इस्त्री कर दे। ख़ुद ही निकालना और फिर ताला लगा देना।"

"जी अच्छा, दीदी।"

सफ़ेद नाइटी और उस पर से क्रीम कलर का वेलवेट का सुनहरी कढ़ाई का गाउन पहने चाँदी की तरह चमकते बालों को ब्रश करते हुए दीदी ने सीमा को आवाज़ देकर कहा, "अब कॉफ़ी वहीं ड्रॉइंग रूम में रख दो मैं बस आ रही हूँ।" मखमल की सुनहरी चप्पलें पहने दीदी कोशिश करके सीधी तनी हुई धीरे-धीरे क़दम बढ़ाती टी.वी. के कमरे की ओर चली गईं।

सीमा ने जल्दी से नौकरानी को ट्रे में सफ़ेद ट्रे-कवर बिछाकर लाने को कहा और उनकी कॉफ़ी और बिस्किट लेकर टी.वी. रूम की ओर दौड़ाया। दीदी कोने में अलग रखे हुए सोफ़े पर जाकर बैठ गईं तो जल्दी से सीमा ने उनके पैरों के नीचे फ़ुट-स्टूल रखना चाहा तो दीदी ने पैर से धक्का देते हुए कहा, "अरे भई सीमा मैं तुमसे आठ-दस साल ही तो बड़ी हूँगी मुझसे बूढ़ों जैसा व्यवहार करने

की कोई आवश्यक्ता नहीं।" सीमा ने सोचा मेरे और इनके बीच पाँच तो भाई हुए और दो बहनें। फिर ये दस ही साल बड़ी कैसे हुईं? मगर वह चुप रही। सीमा ने जीवन में बहुत से उतार-चढ़ाव देखे भी हैं और भुगते भी। सीखी केवल एक ही बात है कि अगर सामने वाला हर बात पर एतराज़ करता है तो तुम चुप रहो। एक चुप दूसरे की दस नकारात्मक बातों पर भारी होगी।

दीदी से इतने वर्षों के बाद मिली थी। बिलकुल भूल गई थी दीदी के बर्ताव को, उनके मिज़ाज को। उसको तो बस एक ही बात की धुन थी कि दीदी को ख़ुश रखना है और उनके लिए ख़ुशियाँ किसी भी तरह पैदा करनी हैं। उसको ये दुख खाए जा रहा था कि मेरी दीदी विधवा हो गई है, बिलकुल अकेली पड़ गई है। आजकल के युवाओं को कहाँ समय मिलता है कि अपने बूढ़ों की देखभाल कर सकें। कम से कम यहूदियों में साल में 'मित्त्ज़्वा' के दिन सब युवा और बड़ी अवस्था वाले मिलकर बूढ़ों को ख़ुश रखते, उनकी सेवा करते, उनके अटके हुए काम कर देने और उनको घुमाने की चेष्टा करते हैं। इस दिन का इन्तज़ार बूढ़े बड़ी बेचैनी से पूरे वर्ष भर करते रहते हैं। वैसे भी यहूदियों को परिवार को बाँधकर रखने का गुण आता है।

दीदी की तो ख़िदमत करना भी कठिन होगा वो उसको उमर के तराज़ू में तौलेंगी सीमा ने उदास होते हुए सोचा।

आज तो पतिदेव भी चाय का मग्गा उठाए डगर-मगर चलते हुए टी.वी. रूम में पहुँच गए। दूसरी कुर्सी—टी.वी. के सामने वाली—उन्होंने पकड़ ली। लन्दन के सेमी-डिटैच घरों में जो कि दो घर बीच से जुड़े होते हैं अक्सर घर के सामने एक छोटा कमरा होता है। उसी को टी.वी. रूम बना लिया जाता है। बच्चे वहीं बैठते हैं शाम का नाश्ता भी वहीं कर लेते हैं इससे घर का लाउंज सजा बना रहता है। अतिथि उसी लाउंज में आकर बैठते हैं। पतिदेव तो अपने ही घर में भी मेहमानों की तरह रहते हैं, शायद इसीलिए उसी कमरे में बैठे रहते हैं। दीदी

ने आते ही ये बड़ा काम किया कि पति ने वो कमरा छोड़ दिया और ये दूसरा कमरा अपना अड्डा बना लिया।

अब बच्चों की मुसीबत आ गई। पतिदेव सारे दिन बैठे पॉलिटिक्स में शोध करेंगे बेचारे बच्चे अपना एक प्रोग्राम देखने के लिए बैठे तड़पते रहेंगे।

सीमा ने बच्चों को समझा दिया कि वो उसके कमरे में टी.वी. देख लिया करें। बच्चों ने सोचा अम्मा के कमरे के छोटे से टी.वी. पर क्या देखना। दोनों कम्प्यूटर पर गेम्स खेलने बैठ जाते।

दीदी बच्चों से बहुत ख़ुश रहती थीं क्योंकि बच्चों को जैसे ही आवाज़ देतीं, बच्चे दौड़ते हुए हाज़िर हो जाते 'जी दीदी' बच्चे भी उन्हें दीदी ही पुकारने लगे—"मेरे कमरे से मेरी क्रॉसवर्ड्स की किताब और पेन ले आओ।" जब बच्चे सामने होते तो वे कोई न कोई काम अवश्य बता देतीं। और हर बार कहतीं, "सीमा ऐसे बच्चे नहीं देखे जो इतनी ख़ुशी से हर काम कर देते हैं और आवाज़ देने पर जवाब भी तुरन्त देते हैं। सीमा केवल मुस्करा भर देती। अगर ये बताती कि इन सारे संस्कारों का ध्यान सीमा ने ख़ास तौर पर रखा है तो पतिदेव बैठ जाते बच्चों की बुराइयाँ गिनाने। उनका उद्देश्य केवल एक ही होता—सीमा को दुख पहुँचाना।

वैसे जब से दीदी आई थीं दोनों ने टी.वी. का कमरा पकड़ लिया था। दीदी का हुक्म था कि उनको नौ बजे से पहले न जगाया जाए। चाय नौ बजे दी जाए। चाय के साथ दो डाइजेस्टिव बिस्कुट हों पर चाय में चीनी न हो। चाय पीकर दीदी साढ़े नौ बजे नाश्ता करने नीचे आ जातीं तो पतिदेव उनसे पहले ही से नाश्ते की मेज़ पर सरदारी सीट लिये बैठे होते। "आइए दीदी आइए। कहिए कैसा सोईं आज। नींद ठीक-ठाक आ गई थी।"

"अरे कहाँ, जैसे ही थोड़ी आँख लगती है, सीमा खाँस देती है तो मेरी नींद टूट जाती है।"

सीमा को मालूम हुआ था कि दीदी अकेले सोने में डरती हैं इसीलिए उसने दीदी को अपने कमरे में, अपने ही पलंग पर सोने की पेशकश की थी। ख़ुद थोड़ा-थोड़ा हर कमरे में बाँटकर रह रही थी। सारे दिन ऑफ़िस का काम फिर घर का काम बच्चों का काम। और फिर सोने से पहले कम्प्यूटर पर ऑफ़िस का काम ख़त्म करना रात के चाहे कितने ही बज जाएँ। आम तौर पर सीमा रात दो-ढाई बजे तक सोने आती थी। दीदी ठीक दस बजे बिस्तर में आ जाती थीं।

सीमा बीच-बीच में देखने आती कि दीदी जाग तो नहीं रही हैं! वो ख़ुश हो जाती दीदी को गहरी नींद में देखकर। वो काम ख़त्म करके चोरों की तरह अपने कमरे में दाख़िल होती कि दीदी जाग न जाएँ। पलंग के किनारे से लिपटी दूसरी ओर को करवट लिये जैसे पलंग पर गिरती वैसे ही सो जाती। सवेरे उठकर कमरे से निकल जाती। नौ बजे तक उसे काम पर चले जाना होता था।

बीच-बीच में आती-जाती रहती कि दीदी बैठे-बैठे घबरा न जाएँ। नौकरानी को फ़ोन करके मालूम कर लेती कि दीदी को साढ़े ग्यारह बजे वाली कॉफ़ी, बॉम्बे-मिक्स और ज़ीरे वाले बिस्कुट दे दिये हैं और दोपहर के खाने के लिए सलाद बना लिया है कि नहीं। सीमा कोशिश करती की डेढ़ बजे का खाना साथ खाए पर अगर कभी दस मिनट की देर हो जाए तो दोनों खाना ख़त्म कर रहे होते थे क्योंकि टी.वी. पर कोई ड्रामा आने वाला होता। ड्रामा देखकर दीदी आराम करने चली जातीं पतिदेव वहीं बैठे रहते।

अब साढ़े आठ बजे रात के खाने के बाद पतिदेव आवाज़ देते, "दीदी आइए, समाचार शुरू हो गए हैं।"

"क्या सुनूँ समाचार, दिन-ब-दिन इनसान हैवान बनता जा रहा है। अलावा क़त्लो-गारत के कोई काम की ख़बर होती ही नहीं है।" ये सब कहती जातीं दीदी पर टी.वी. के कमरे की ओर बढ़ती भी जातीं।

ख़बरें दिखाकर वो उनसे कहते कि अब आप जाकर कपड़े वग़ैरह बदलकर दाँत माँजकर आइए तो जो प्रोग्राम रिकॉर्ड किया है वो दिखाऊँगा। सीमा कम्प्यूटर

पर बैठी काम कर रही होती और दीदी अपनी महारानियों जैसी चाल में चलती एक बार उधर और दूसरी बार इधर जातीं। और अब दस बजे के बजाय बारह बजे सोने आतीं।

सीमा कभी-कभी उनको अपने साथ बाहर घुमाने भी ले जाती, तो दीदी से कहती कि आप लोगों से जब बात करें तो अपने बारे में बताया करें कि आपने लन्दन में पढ़ा है और यहाँ यूनिवर्सिटी में पढ़ाया भी है। दीदी ने बात ख़ूब मान ली और अब अंग्रेज़ी में ख़ूब बातें करतीं। सीमा के साथ काम करने वाले लोग सीमा से कहते तुमको कितना गर्व है अपनी दीदी पर जो तुम साथ लिये-लिये घूमती रहती हो। दीदी जल्दी ही वापस आने की रट लगा लेतीं। सीमा को काम छोड़कर पहुँचाने आना होता।

एक दिन कार से उतरने से पहले बोलीं, "अरे सीमा मैं तो भूल ही गई मुझे हेयर ड्रेसर के यहाँ जाना था।"

"आइए दीदी, चलते हैं।"

"नहीं भई, इस वक़्त नहीं, मेरा पार्टनर मेरा इन्तज़ार कर रहा होगा!"

पार्टनर! एकाएक सोच में पड़ गई सीमा। फिर सोचा मेरा पति आज तक मेरा तो पार्टनर बन नहीं पाया। फिर हँस दी। खोखली सी हँसी और उन्हें उतारकर खोई हुई सी वापस लौट गई।

सीमा सोचती दीदी अकेले घर जाकर क्या करेंगी फिर सोचती कि शायद थक गई होंगी पर कुछ भी पूछते हुए उसे डर लगता। दीदी कटाक्ष करते हुए आगे बढ़ जातीं और सीमा दुखी होती कि बेचारी दीदी को ये मजबूरी क्यों सामने आई कि उनको ऐसा बोलना पड़ा।

"सीमा, तुम तो वापस अपने देश जाने को तैयार नहीं हो। मैं सोचता हूँ कि मैं वापस चला जाऊँ क्योंकि मुझसे इस देश की सर्दी और अकेलापन बरदाश्त नहीं होते। फिर यहाँ हम कोई फ़ुलटाइम नौकर भी नहीं एफ़ोर्ड कर

सकते। अपने मुल्क की बात और है। वहाँ तो हम नौकरों की फ़ौज रख सकते हैं।"

सीमा सन्नाटे में रह गई। उसने हमेशा नौकर ही बनकर तो पतिदेव की सेवा की है। घर में बेटी को इसीलिए ले आई कि नाती, नतिनी से रौनक़ रहेगी। हर छुट्टी के दिन घर में पति के मित्रों को आमंत्रित करती कि उनका जी बहला रहे।

वे जहाँ भी जाना चाहते उनके लिए ड्राइव करती। खाना, पीना, उठना-बैठना यहाँ तक कि साँस भी वह पति की ख़ुशी के हिसाब से ही लेती। और वे भी हर बात का पूरा हिसाब रखते क्योंकि तमाम जीवन हिसाब-किताब में गुज़ारा है।

आज कौन सा ऐसा परिवर्तन हो गया जीवन में कि वे उसे छोड़कर देश वापस जाने का सोच रहे हैं। सीमा हड़बड़ा गई घबराकर पूछ ही लिया, "आप तो वहाँ भी अकेले ही रहिएगा आपका बँगला तो अकेले से इलाक़े में है और वहाँ भी केवल नौकर ही होता है। अब तो आपके सगे-सम्बन्धी भी नहीं रहे। तो आप तो वहाँ भी अकेले ही।"

"इससे आपको कोई मतलब नहीं होना चाहिए।" पतिदेव ने बात बीच ही से काट दी। "देखिए, आपकी दीदी भी आजकल अकेली हो गई हैं। उनको भी तो रहने के लिए कोई पार्टनर चाहिए होगा!" पतिदेव के चेहरे पर एक ढीठ-सी मुस्कराहट थी।

सीमा उनके इस प्रकार बात करने से आज न जाने क्यों घबरा सी गई। उसने सोचा ये अच्छा है कि दीदी यहाँ हैं उससे बात करेंगी शायद वो ये गुत्थी सुलझा सकेगी।

"चाय पिलाइएगा न जाने क्यों सुस्ती सी आ रही है। और हाँ, अपनी दीदी की कॉफ़ी भी लेती आइएगा। नौकरानी से वो पालक वाले पकौड़े भी बनवा दीजिएगा जो आपने उसे बनाने सिखाए हैं। आपकी दीदी को बहुत पसन्द हैं।"

जी अच्छा कहकर सीमा किचन की ओर चली गई पर मन में वो न जाने कहाँ किस ओर को चली गई उसे इसका कोई आभास नहीं हो रहा था।

वापिस आई तो दीदी अपने सोफ़े पर विराजमान थीं। सीमा ख़ुश हुई कि अभी दीदी से बात करने का मौक़ा मिल गया। सीमा ने बहुत विश्वास से कहा, "दीदी ये इन हालात में वापिस अपने मुल्क जाने की बात कर रहे हैं। इनकी सेहत भी ठीक नहीं रहती। भला वहाँ अकेले कैसे जिएँगे। और फिर मैं भी यहाँ अकेली कैसे रहूँगी, इन्हें ऐसे में अपना देश याद आ रहा है और वहीं जाकर बसना चाह रहे हैं।"

"भाई हम अपने पार्टनर को अकेले थोड़े ही रहने देंगे। ये तो अब हमारे साथ रहेंगे, हमारे घर में!"

सीमा अवाक् थी। उसकी बड़ी-बड़ी आँखें और फैल गईं चेहरे का रंग मटियाला सा हो गया। इतनी जल्दी सब कुछ तय भी हो गया और वह अपने कामों में लगी रही और दीदी की सेवा करती रह गई। ज़िन्दगी उससे पति के साथ बिताई तमाम उम्र का हिसाब माँग रही थी।

कमरे में सौ वॉट्स के बल्ब की रोशनी चमक रही थी मगर वहाँ रिश्तों में गहरे अँधेरे का सन्नाटा सायँ-सायँ कर रहा था।

रात...कहानी काली

आग की लपटें चारों ओर से उनका घेरा तंग किए जा रही थीं। उसने छोटे वाले को जो उसकी मुहब्बत की आख़िरी निशानी था उसको ज़ोर से सीने से भींच लिया। नौ वर्ष वाला माँ माँ चीख़े जा रह था माँ साँस रोके अनजान बनी हुई थी कि किसकी सुने। भीतर-भीतर टूटी जा रही थी। बेबस थी, रो भी नहीं सकती थी क्योंकि रोती तो उस समय जब कोई सुनने वाला होता। इस समय तो भगवानजी भी आग में झोंककर नरक का सीन देख रहे थे। शायद रिहर्सल कर रहे थे क़यामत की घड़ी का। सीने से लिपटा बच्चा बार-बार दूध माँग रहा था। वो समझा माँ ने उसकी प्यास की तृप्ति के लिए उसको गोद में उठाया है। वो माँ के ब्लाउज़ के गले को नीचे खींचे जा रहा था शायद अन्तिम बार अमृत का घूँट मुँह में भर लेना चाहता था। माँ ने भी वो हो जाने दिया जो उसका मासूम बच्चा कर लेना चाहता था।

आज उसने माँ के अमृत भरे घड़ों को ऐसे ज़ोर से पकड़कर और ज़ोर-ज़ोर से आवाज़ निकालकर अमृत पान करना शुरू कर दिया जैसे आज भी माँ उस समय तक बैठी प्रतीक्षा करती रहेगी जब तक उसका लाड़ला सो नहीं जाएगा। पर आज तो माँ के सामने हर ओर हर सिम्त तांडव नृत्य का हाहाकार था। काश अब्रे-करम बरस पड़े, काश!! आज शिव जी की जटा से पानी

की दरिया फूट पड़े, काश ये हो जाए, काश वो हो जाए। खिड़की के निकट आकर नीचे झाँका माघ मेला लगा हुआ था सभी ऊपर को देख रहे थे उसने ज़ोर लगाकर अपने लख़्ते-जिगर को भींचा और खिड़की से बाहर फेंक दिया। लोगों ने एक साया खिड़की के पास आते देखा खिड़की खुली तो काले-काले धुएँ ने पहले आज़ादी की साँस ली बच्चा उसके पश्चात उसी धुएँ की गोद में नीचे को तैरता हुआ पहुँचा होगा। माँ पलटी तो कमरा काला हो रहा था। आज चूल्हा आप ही गरम हो गया था। नौ वर्ष वाले को इस सर्दी के मौसम में गर्मी लगनी शुरू हो गई थी। माँ बचाओ-बचाओ माँ वो देखो आग। आग माँ, भाग जा नीचे। माँ ने घबराकर कह दिया और ख़ुद खिड़की की ओर बढ़ीं फिर से बाहर झाँकने के लिए!!

आज से दस वर्ष पहले जब वो शादी होकर इस फ़्लैट में आई थी तो ऐश फूलों से भरी काली और सफ़ेद कार में से फूल लाने भागा था नौ मंज़िलें उसने हवा की तरह तेज़ उड़कर पूरे कर लिये थे। आज उसी कार की तरह हर ओर काला और सफ़ेद रंग फैला हुआ था। जहाँ-जहाँ राख बन चुकी थी वो सफ़ेद बरफ़ की मानिंद लग रही थी पर गरम बरफ़। जो पिघल नहीं रही थी। बिना पिघले ही मौसम गरम होता चला जा रहा था। माहौल में आज ऐश की गरम साँसें हर ओर फैल रही थीं। उस दिन उसने फूल लाकर लीना को फूलों की चादर से जैसे पूरा लपेट दिया था। जहाँ-जहाँ से उसका शरीर नज़र आता वहाँ-वहाँ अपने प्यार की निशानी छोड़ देता। बिस्तर पर जाने से पहले जो फूलों की चादर खिसकाई तो सारे शरीर पर ऐश के होंठों की निशानी मौजूद थी। ये देखते ही ऐश ने लीना को इतनी ज़ोर से दबोचा कि उसकी साँस फँसने लगी।

"अब हर ओर मेरा नाम लिख गया है तो तू मेरी है बस मेरी। मेरी लीना मेरी ली...ना...आ...आ!!!"

आज भी वो लीना-लीना-लीना ही करता रहा गहरी नींद में ज़ोर-ज़ोर से

गहरी-गहरी साँसें लेने में इतनी ज़हरीली गैस अन्दर खींच ली कि सोता ही रह गया। लीना स्प्रिंक्लर लेने भागी तो वो काम ही नहीं कर रहे थे। फिर बच्चों की ओर भागी उनके कमरे में वहाँ से फिर ऐश के पास आना चाहा तो बॉर्डर बन्द हो चुका था उसी तरह जैसे अपने देश से जब रिफ़्यूजी बनकर इस सुरक्षित देश में आई थी। ऐश से बॉर्डर ही पर मुठभेड़ हो गई थी। वो उधर छूटी जा रही थी और ऐश को इधर आ जाने का चांस मिल गया था, पर लीना की भोली-भाली सुन्दरता देख उसको कुछ-कुछ हुआ और वो वापस भाग गया। और जब लीना के पीछे-पीछे यहाँ आया तो लीना के बिना जीवित रहना असम्भव सा महसूस होने लगा।

दोनों रिफ़्यूजी थे तो दोनों की आर्थिक और सामाजिक स्थितियाँ भी एक ही समान थीं। रिफ़्यूजियों की कोई स्थितियाँ परमानेंट तो होती ही नहीं हैं वे तो रोज़-रोज़ जीते और मरते हैं बच्चों के लिए सारे क़ानून बदल जाते हैं। नंगे-भूखे बच्चे आज भी फिरते रहते हैं रिफ़्यूजी कैम्पों में।

प्यार में समुद्र की गहराई जैसा सुकून और पहाड़ की विशालता जैसी ताक़त होती है। दो प्यार करने वाले अपने प्यार के ज़ोर से संसार में कुछ भी कर गुज़रने के लिए उत्सुक रहते हैं। संसार उनको अपनी मुट्ठी में बन्द महसूस होता है। इसी ताक़त के कारण वो दोनों जीवन में वो सब कुछ कर सके जो करना चाहते थे। वे अपने देश में विदेशी समझे जाने लगे थे क्योंकि उनका वो धर्म नहीं था जो वहाँ की सरकार का था। न मालूम क्यों पश्चिमी देशों में जब सरकार बदलती है तो सभी नीतियाँ नहीं बदलती हैं, ये नहीं होता है कि सरकार बदली और मारा-मारी चल पड़ी। हमारे दक्षिणी एशियाई देशों में नई सरकार आई और सारे नए-नए क़ानून तराश दिए जो उनके अपने लिए लाभदायक हों और कुछ माल भी बन सके। ऐसे में जान-माल सभी ख़तरे में पड़ जाता है। फिर ऊपर से तुर्रा ये कि धर्म को बीच में घुसेड़कर धार्मिक क्लीनिंग की जाती है।

ऐसे ही वातावरण से बचकर लीना और ऐश यहाँ भाग आए थे। कहीं भी भागो पर मौत का देवता पीछा नहीं छोड़ता। उसको भी तो अपना काम करना होता है। अपनी ड्यूटी बजानी होती है। यमदूत को तो कोई भी नहीं आने की दावत देता है। वो तो बिन बुलाया मेहमान होता है, बेचारा!! पर करे क्या चाकरी भी तो भगवानजी की पकड़ी है। आमदनी भी अच्छी-ख़ासी हो जाती है। इधर दम शरीर से खींचा उधर हर ओर से गहमा-गहमी शुरू हो जाती है। क़रीबी रिश्तेदार, नातेदार, माँएँ-बहनें-भाई-बाप सभी मुर्दा शरीर को चारों ओर से घेर लेते हैं और कुछ चुपके-चुपके हिचकियाँ लेते हैं, सिसकते हैं, आहें भरते हैं। आँसू रुकते नहीं हैं पर कुछ ऐसे होते हैं जो बयान करते हैं सबको बताते जाते हैं कि वो मरने वाले के कितने निकट थे। आँसू निकल नहीं पाते तो सूखी आँखें ही रगड़ते रहते हैं। नाक भी पोंछ-पोंछ कर लाल कर देते हैं। किसी-किसी की नाक तो पर्वत जैसी और कोई माउंट एवरेस्ट जैसी होती हैं, दूर से नज़र आ जाती हैं कि बेचारा कितना दुखी है। नाक कितनी लाल हो गई है। दूसरी ओर जो चीनी-जापानी नाक वाले होते हैं उनको समस्या होती है कि अब क्या करें फिर वो बोल-बोलकर अपने दुख को प्रकट करते हैं और ऐसा महसूस होता है जैसे वो सबसे क़रीबी नातेदार है जो इस समय इस बेजान के ग़म से टूटे जा रहे हैं। उनका दुख सुनकर माँ-बाप-बहनें और बेटियाँ सबको सब्र आ जाता है कि हमसे भी अधिक दुखी लोग मौजूद हैं। तीसरी प्रकार फ़ौरन उठ खड़ी होती है क्रिया-कर्म का साधन जुटाने लगते हैं और वहीं से आरम्भ होती है यमदूत महोदय की आशाओं की पूर्ति। कफ़न खरीदने, लोबान-फूल-मुर्दे की सवारी। डिब्बा। हर जगह यमदूत महाराज का कट बँधा हुआ है जैसे आजकल की सरकार दूसरी प्रकार के कट में व्यस्त है। पुलिस कट, डिसिएबिलिटी कट, पगार कट। देश को जैसे भिखारी बना दिया है इस सरकार ने जो धनवान हैं वो और धनवान हुए जा रहे हैं जो निर्धन हैं उनकी दशा हर दिन बिगड़ती चली जा रही है। बाँसुरी बजाकर नीरो सो रहा है। सरकार को कोई परवाह नहीं।

ऐश, ऐश से रहना चाहता था अपनी ताक़त के बल पर। लीना को इन्हीं बातों पर प्यार आता था अपने ऐश पर। कहता था—

"लीना, तुझे मैं फूलों से तौल दूँगा अपनी शादी में। तेरी हर ख़ुशी पूरी करूँगा, तू कितनी सुन्दर लगेगी दुल्हन बनकर!! ये कहते-कहते जज़्बात में लीना का हाथ पकड़कर ज़ोर से दबाता और कस के प्यार कर लेता। सुन मेरी लीनू कभी इन हाथों से ऐसे काम न करना कि हाथों की स्किन ख़राब हो क्योंकि ख़ूबसूरत हाथ ही सुन्दरता का दरवाज़ा होते हैं। अगर हाथ ख़ूबसूरत हैं तो समझो लड़की भी सुन्दर है।" लीना ख़ूब हँसती उसके सफ़ेद चमकते हुए दाँत जैसे ही नज़र आते ऐश उसके मुँह पर अपना मज़बूत हाथ रख देता कि उसकी लीना को नज़र न लग जाए। लीना उसके कन्धे पर सर रख देती।

"तुम मुझे मग़रूर बना दोगे। लीना तू नहीं समझती कि तू कितनी सुन्दर है।" ऐश ने एक्टिंग करते हुए झूमकर कहा।

"सुन्दरता तो भीतर की होती है।"

"अभी मैंने तुम्हें भीतर से देखा कहाँ है।"

"अच्छा अब होश में आ जाओ नो मोर बदतमीज़ी।"

ऐश का बस नहीं चल रहा था कि कितनी जल्दी शादी करके लीना को अपना पक्का साथी, दोस्त और प्रेमिका बना ले। प्रेम की असली पहचान तो तभी होती है जब प्यार करने वाले एक साथ रहने लगते हैं। एक-दूसरे के दुख-दर्द समझने लगते हैं एक-दूसरे ही के लिए जीते हैं। पर कभी-कभी कुछ प्रेमियों के भीतर इतना प्रेम भरा होता है कि वे अपना फ़र्ज़ समझते हैं कि प्रेम की उस चिंगारी को ईमानदारी से हर ओर बाँटें, प्रसाद की भाँति, किसी का हक़ न मारें। कुछ महिलाएँ प्रेम के वो फूल चुनने के लिए कमर कसे खड़ी होती हैं। व्याकुल होती हैं। उतावली होती हैं और पति को समझा लेती हैं कि हम केवल दोस्त हैं!!!

लीना और ऐश बहुत मस्त थे इस देश में आकर। ऐश ने लीना को बता

दिया था कि मैं यहाँ काउंसिल से कोई भीख-वीख नहीं माँगूँगा हम मेहनत करेंगे अपने पैरों पर खड़े होंगे।

लीना ख़ुश हुई इतने अच्छे विचार सुनकर।

पर यहाँ आकर छत तो चाहिए थी। वहाँ काउंसिल का सहारा लेना पड़ा। नवें माले पर डेढ़ कमरों का फ़्लैट मिल गया। उस बिल्डिंग में सभी रिफ़्यूजी ही बसा दिए गए थे। यहाँ इस देश की दयालुता को कोई नकार नहीं सकता। पर दुख की बात तो ये है कि इस देश में भी हेरा-फेरी तो होने लगी है। यहाँ का क़ानून है कि हर फ़्लैट में आग बुझाने वाला स्प्रिन्किलर होना आवश्यक है। अगर ऐसा न हो तो प्लैनिंग कमेटी बिल्डिंग बनाने की इजाज़त नहीं देती। पेपर पर तो लिख दिया गया पर बिल्डिंग तैयार होने के बाद वो सब नहीं किया जो करना अति आवश्यक था।

बाहर से आए हुए लोग छत पाकर ही ख़ुश थे उन्होंने कभी माँग भी तो नहीं की थी स्प्रिंकिलर की। सोचा भी नहीं था कि ऐसा हो भी सकता है। रमजान का महीना था सभी रोज़े रख रहे थे। रोज़ा खोलकर रात की नमाज़ जो ख़ासतौर से रमज़ान ही में पढ़ी जाती अधिक पुण्य कमाने के लिए। अधिकतर मर्द तरावी पढ़ने मस्जिद गए हुए थे, वहाँ से वापस आ रहे थे रात के कोई एक बजने वाला था। उन लोगों की नज़र पड़ी कि वो खिड़कियाँ जो अँधेरी छोड़कर गए थे उनमें रोशनी हो रही थी आग की लपटें उठ रही थीं। जो दुआएँ मस्जिद में माँगकर आए थे वही दुबारा गिड़गिड़ाकर फिर से सजदे में गिर पड़े जहाँ सजदे में गिरे वही मस्जिद बन गई। दुआएँ माँगने लगे। रोने लगे ऐ मेरे पाक परवरदिगार हमारे गुनाहों को मुआफ़ फ़रमा। हमारे बच्चे हमारी नज़रों के सामने जल रहे हैं। हम कुछ नहीं कर सकते। मजबूर हैं। मालिक मदद कर। फायर ब्रिगेड की दहाड़ती हुई आवाज़ भी उनके कानों में रस घोल रही थी कि शायद हमारे बीवी-बच्चे बचा लें ये लोग। अपने-अपने फ़्लैटों में फ़ोन मिला लिया वहाँ से बच्चे चिल्ला रहे थे अब्बूजी हमें निकालिए यहाँ से। बहुत गरमी लग रही है। हमको अब

नज़र भी नहीं आता कहाँ हैं आप। अम्मी ज़मीन पर गिर गई हैं उनके कपड़े जल रहे हैं अब्बूजी।

सीढ़ियों पर भी आग फैल चुकी थी कुछ बच्चे और बड़े उधर को भागे तो थे पर आग ने उनका भी पीछा किया था। नज़र न आने के कारण लोग गिरे जा रहे थे। कुछ बाहर पहुँचे तो थे अस्पताल भी पहुँचाए गए पर कुछ बचे और कुछ चले गए। आज पहली बार फायर ब्रिगेड वाले भी रो पड़े थे अपनी मजबूरी पर कि वो खिड़की से अन्दर देख तक रहे थे पर बन्द खिड़कियों से आग नहीं बुझा सकते थे। आग इतनी फैल चुकी थी और लगता था जैसे ग़ुस्से में फुंकार रही हो!!

रमजान के पवित्र महीने में ये क्या क़यामत आ गई थी!!

आज उनतीसवाँ रोज़ा था। जी चाहता था चाँद आज ही निकल आए तो कल ईद हो जाएगी। बच्चे ये सुनकर पलंगों पर ख़ुशी से कूदने लगे थे और शोर मचाने लगे। हर ओर से खिड़कियों से बच्चों के चहकने की आवाज़ें गूँजने लगी थीं और मिनटों ही में क्या से क्या हो गया!!

बच्चों का हिसाब-किताब बराबर करके लीना झुलसती हुई टटोलती-टटोलती गहरी-गहरी साँसें लेती हुई अपने कमरे की ओर आने की कोशिश करती रही पर घोर अँधेरा था हर ओर। अन्दर-बाहर कुछ भी दिखाई नहीं दे रहा था केवल नाक ही थी सूँघने और समझने का साधन। आँखें जवाब दे गई थीं। सन्नाटे की आवाज़ नहीं होती। सुनने के लिए कानों की कोई आवश्यकता नहीं थी। केवल सूँघ सकती थी लीना। कमरे में कबाब की सी महक भरी हुई थी। लीना को याद आ गया ऐश कितने शौक़ से सीख कबाब खाया करता था।

"लीना, तू सीख ले सींक कबाब बनाना। फिर हम दोनों रोज़ यही खाएँगे।" लीना 'ऐश ऐश' चिल्लाने लगी।

उसका दम घुटा जा रहा था। वो जलते हुए कपड़ों के साथ पलंग पर जल्दी-जल्दी हाथ फेरने लगी। गद्दा इतना गरम था कि हाथ जले जा रहे थे।

आजकल गद्दे और सोफ़े आदि फ़ायर प्रूफ़ बनाए जाते हैं। इस देश का क़ानून है, पर उस पर जो मसाला लगाया जाता है फ़ायर प्रूफ़ बनाने के लिए वो जल तो नहीं सकता पर उसमें ज़हरीली गैस पैदा होती है और वो भी मृत्यु का कारण बन जाती है। हमारे लोग इसमें भी डंडी मार देते हैं पर जब लीना और ऐश पैसा जोड़कर पलंग लेने गए तो उनको भी दो प्रकार के बेड दिखाए गए थे। दोनों की कीमत में काफ़ी फ़र्क़ था।

"नहीं, ये वाला नहीं हमको फ़ायर प्रूफ़ वाला चाहिए, मैं अपनी लीना के लिए कोई रिस्क नहीं ले सकता।"

"रिस्क की क्या बात है। पलंग पर क्या रिस्क होगा?"

लीना ने ऐश के कन्धे दबाते हुए प्यार से कहा।

"लीना, मुझे कर लेने दे जो मैं कर रहा हूँ बाद में याद करेगी।"

"इतना ढेर सारा पैसों में अन्तर है।"

"बस चुप।"

ऐश ने उसके होंठों पर हाथ रखते हुए प्यार से कहा।

ऐश, लीना को इतने प्यार से छूता था कि वो हमेशा सिहर जाती थी।

आज वो हर ओर ऐश को टटोल रही थी और उसके एक स्पर्श को तरस रही थी। उसके अपने भी होश उड़े जा रहे थे। बिस्तर पर गिरी-गिरी सूखे होंठों से ऐश-ऐश कहती खिसकती हुई दूसरी ओर पहुँची तो मांस जलने की महक तेज़ हो गई थी जैसे ही वो पैताने से दूसरी ओर मुड़ी अब उससे भी चला नहीं जा रहा था। पर ऐश को पा लेना चाहती थी। उसके बिना वो कहीं नहीं जाना चाहती थी पर उसकी चाहत कैसे पूरी होगी। कहाँ गया मेरा ऐश। लीना अपने शरीर को घसीटती हुई वहाँ तक पहुँची, उसका पैर दूसरे पैरों से टकराया और वो उस जलते मांस पर गिर पड़ी जैसे ऐश ने आज फिर पहल की और अपने प्यार के लिए आप ही जलकर बिना लकड़ी और घी के चिता सजा ली।

यहाँ अन्त कर दूँ या नीचे वाले टुकड़ों को जोड़ूँ?

तो लीना को ऐसा महसूस हुआ जैसे ऐश उसको फूलों की चादर में लपेट रहा हो और अभी बस अभी उसके शरीर पर अपने होंठों की मुहर लगाएगा पर दोनों बदन आग ने अपनी लपटों में लपेट लिए, फ़ायर-प्रूफ़ बेड के पास। उसी के साये में, आग की ध्वनि तेज़ हो गई और तेज़ लपटें लहराने लगीं नाचने लगीं और उस अग्नि नृत्य के बीच प्यार जल रहा था!!!

ग़रीब तो कई बार मरता है

अमीना को पैदा होते ही फूफी अम्माँ ने माँग लिया था।

समी मियाँ उनके इकलौते बेटे थे। बड़े अरमानों की औलाद। शादी को जब पाँच साल होने को आए और फूफी अम्माँ कुल जमा दो बेटियों को ही जन्म दे सकीं तो उनका जी परेशान रहने लगा। "अगर इस बार भी वली अहद बहादुर न पैदा हुआ तो क्या होगा? ससुराल वालों को क्या मुँह दिखाऊँगी और 'वो' भी कहीं ख़फ़ा हो गए तो क्या जवाब दूँगी?"

तरह-तरह के सवाल परेशान किए जा रहे थे। बेचारी फूफी अम्माँ, उनके सीधे-सादे दिल और दिमाग़ पर बोझ बन रहे थे और पूरे नौ महीने वह यह गुत्थी न सुलझा सकीं अगर बेटा न पैदा हुआ तो उसमें उनका क्या क़ुसूर? मगर समाज से कौन टक्कर ले सकता है। यह हमारे ही समाज का बनाया हुआ तो क़ानून है कि अगर औलाद न हो तो भी औरत का कुसूर और अगर बेटा न हो तो भी औरत ही ज़िम्मेदार और फिर कमाल की बात तो यह है कि समाज के यह दस्तूर औरत ने भी मर्द के साथ मिलकर ही बनाए हैं। यहाँ औरत बिलकुल बिल्ली के स्वभाव वाली बन जाती है यानी बिल्ली अपने बच्चे आप ही खा जाती है। फूफी अम्माँ को चुनौती दे दी गई थी अगर इस मर्तबा बेटा न पैदा हुआ तो वह कोई और घर देखेंगे और ऐसी लड़की लाएँगे जो उनको

चाँद सा पोता दे सके। गोया नई दुल्हन बेटा देने का सर्टिफिकेट लेकर आएँगी।

फूफी अम्माँ के वज़ीफ़े, नमाज़ें, दुआएँ, तावीज़-गंडे उपयोगी साबित हुए और इनके आँगन में भी बहार आई। सही मानों में तो अब गोद भरी थी। वह एक ख़ुशक़िस्मत माँ थीं जिन्होंने बेटा जना था। अभी समी मियाँ को पैदा हुए चन्द साल ही हुए थे कि फूफी अम्माँ ने जोश में आकर अपनी भावज से आइंदा होने वाली भतीजी का सौदा कर लिया। बेचारी भावज तो ख़ुद भी बेटे की आस लगाए बैठी थी। फूफी अम्माँ ने अपनी काली ज़बान से न जाने किस वक़्त यह मनहूस कलमात अदा किए कि उनके यहाँ बेटी पैदा हो गई। न दीप जले न ख़ुशियाँ मनाई गईं। हत्ता कि दाई का मुँह भी उतरा हुआ था। उसका इनाम-इकराम जो मारा गया। अगर मालूम होता कि बेटी पैदा होने वाली है तो शायद वह यहाँ अपना वक़्त बरबाद करने आती ही नहीं।

अमीना को ऐसे लाकर दादी की गोद में फेंक दिया जैसे कोई बेजान खिलौना हो। औरत तो पैदा होते ही खिलौना बन जाती है। ज़िन्दगी भर दूसरों का जी बहलाती है अगर ख़ुद टूट जाए तो जोड़ने वाला कोई नहीं होता। बेकार माल समझकर फेंक दिया जाता है। मगर औरत भी किस क़दर मज़बूत, बहादुर और सख़्त जान होती है कि तूफ़ान के थपेड़ों से टकराती चली जाती है। जहाँ मौक़ा आता है बिफरे हुए तूफ़ान को सुकून बख़्शती है, ठहराव पैदा करती है और फिर आगे बढ़ जाती है।

अमीना भी इसी तरह समी मियाँ के साथ एक ही आँगन में खेलते-कूदते जवानी की तरफ़ बढ़ी जा रही थी। समी मियाँ के बड़े ठाठ थे नए-नए खिलौने, फल-मिठाई तरह-तरह की नेमतें गोया उन्हीं का नसीब थी। अमीना भी इन्हीं की बदौलत मज़े करती थी। बचपन ही से उसकी क़िस्मत एक नौसिखिये जैसी थी फिर बड़ी हुई तो एक दिन बड़ी धूमधाम से वह इसी आँगन में दुल्हन बनाकर बैठा दी गई। समी मियाँ की ख़ुशी की इन्तहा न थी। फूले न समाते थे। शोख़ शरारती अमीना जो अपनी तेज़ी और फुर्तीलेपन से समी मियाँ को अक्सर मात

दिया करती थी, आज वो ख़ुद मात खाकर समी मियाँ की सम्पत्ति बन चुकी थी।

समी मियाँ ने उसको हमेशा अपनी जायदाद ही समझा। बोने-जोतने वाली ज़मीन, खेल-कूद का मैदान। चारदीवारी खड़ी करके सर छुपाने वाली जगह। उसका भी उन्होंने यही इस्तेमाल समझा था। दफ़्तर जाने से पहले से ही अमीना की ड्यूटी शुरू हो जाती। बेड-टी की फ़रमाइश। अगर अमीना घंटी बजाकर मुलाज़िम से चाय मँगवाने की कोशिश करती तो नखरे से कहते, "मुझे तो तुम्हारे हाथ की सादी चाय में भी 'अर्ल्स-ग्रे' की ख़ुशबू आती है।" रातों को देर से सोई हुई अमीना ख़ुद ही बावर्चीख़ाने की तरफ़ भागती। वह चाय पीकर हवाखोरी के लिए निकल जाते और अमीना को नाश्ते की लिस्ट बता जाते। इसमें भी पराँठे अमीना के अपने हाथों ही के होने चाहिए। क्योंकि अमीना के हाथों के पके कॉर्न ऑयल के पराँठों में भी असली घी की ख़ुशबू आती थी!

अमीना बीबी, जी-जान से लग जातीं तरह-तरह के पकवान नाश्ते में होते क्योंकि उनका कहना था कि नाश्ता इनसान को सब खानों से बेहतर खाना चाहिए। सारा दिन मेहनत जो करनी होती है। चहलक़दमी से वापस आकर नाश्ते की मेज़ को देखते हुए समी बेपरवाही से कहते, "भई अमीना आप तो बिला वजह इतना तकल्लुफ़ करती हैं!" हाथ धोकर नाश्ते पर बैठते और बिलकुल पूर्वी अन्दाज़ में नाश्ता करते यानी ख़ामोशी से खाते ही चले जाते। न इधर देखते न उधर। मजाल है कभी फूटे मुँह से अमीना के लिए दो शब्द भी तारीफ़ के बोल देते। मुँह में घुघनियाँ डाले बैठे रहते। खाने से फ़ारिग होकर अमीना से सवाल करते, "क्या मेरे कपड़े तैयार हैं?" यह सुनते ही अमीना नाश्ता छोड़कर कमरे की तरफ़ भागती एक मर्तबा और इत्मीनान कर लेती कि क़मीज़ और सूट से मैचिंग टाई कहीं ग़लत रंग की तो नहीं रख दी है!

मोज़ों का रंग तो ठीक है या नहीं? इन रंगों की मिलावट में उसका अपना रंग पीला पड़ता जा रहा था। और जब समी मियाँ अमीना के मिलाए हुए रंगों को पहनकर निकलते तो अमीना बड़े प्यार से अपने शाहकार को जाता हुआ

देखती। जाते-जाते वह सारे कामों की लिस्ट का डिक्टेशन उसको देते हुए कार की तरफ़ बढ़ते जाते और शोफ़र के खोले हुए दरवाज़े में रोबोट की तरह दाख़िल हो जाते। बिलकुल जीती-जागती मशीन, बेहिस जज़्बात से ख़ाली। अमीना कार को हाथ हिला-हिला कर उनको बड़े प्यार से रुख़सत करती। बड़ी प्यार भरी नज़रों से कार को जाता हुआ देखती और अपने कमरे की तरफ़ थके-हारे जुआरी की तरह लौट आती। समी मियाँ के जाते ही घर की सारी भाग-दौड़ ख़तम हो जाती अब ऐसा लगता जैसे इस घर में वही एक जानदार व्यक्ति हो। बाक़ी तो सब बेजान और बेकार लोग हैं।

अमीना नहा-धोकर फिर दोपहर के खाने, शाम की चाय और रात के खाने की तैयारी में लग जाती। घर तो घर ही नहीं था। बिलकुल होटल, जिसका हर कमरा समी मियाँ के लिए तय था। अमीना बेहद हँसी-ख़ुशी इस होटल का इन्तज़ाम सँभाले हुए थी। बेहद गर्व महसूस करती जब समी मियाँ अपने दोस्तों के लिए प्रकट होते और आवाज़ देते, “भई अमीना! कहाँ हैं आप? चाय वग़ैरह भिजवा दीजिएगा, तीन लोग और भी साथ हैं।” और अमीना बेगम गुनगुनाती हुई नौकरों के साथ चाय के इन्तज़ाम में लग जातीं। एक-एक प्याली का मुआयना करतीं कि कहीं कोई धब्बा न लगा रह गया हो, नैपकिंस में कलफ़ और इस्त्री बिलकुल ठीक हो वरना समी मियाँ को कुछ नागवार गुज़रा तो आफ़त आ जाएगी और अमीना के सारे दिन की मेहनत बर्बाद हो जाएगी।

उसको हर आने वाले वक़्त से डर लगा रहता था। जब वह दफ़्तर से आएँ तो सब कुछ मुकम्मल होना चाहिए। फिर मेहमान आएँ तो ख़ातिर-तवज्जो में कोई कमी नहीं होनी चाहिए। रात का खाना तो ऐसा हो कि देखते ही उनकी थकान दूर हो जाए, भूख खुल जाए और वह जी भरकर खा सकें। ज़िन्दगी का मकसद सिर्फ़ समी मियाँ के गिर्द घूमते ही रहना था, मेरी-गो-राउंड की तरह का चक्कर, बैठते तो बेहद शौक़ से हैं मगर उतरते वक़्त झँझोड़कर रख देते हैं।

अमीना की ज़िन्दगी भी ऐसे ही चक्कर में फँसकर रह गई थी। एक रहट थी जो खेतों को पानी देकर फ़सल को हरा-भरा और शादाब रखती है मगर वक़्त के साथ-साथ एक-एक पुर्ज़े में ज़ंग लग जाता है। किसान पुरानी रहट बदलकर नई लगा लेता है जिससे फ़सल पर बुरा असर न पड़े और हरियाली कायम रहे, सदा कायम। अमीना तो समी के रंग में रँगी हुई, उनकी खिदमत और सेवा को इबादत समझती हुई ज़िन्दगी के दिन हँसी-ख़ुशी गुज़ारे जा रही थी और आसपास के माहौल से उदासीन। एक ही धुन सवार थी सिर्फ़ एक ही धुन कि सरताज का मन ख़ुश रहे। उसके ही सर का ताज बने रहें कोई दूसरी औरत उन पर नज़र-ए-बद न डालने पाए और समी मियाँ उसके अलावा किसी और का ख़याल भी दिल में न ला सकें। यह सब सोचती और फिर अल्लाह से तौबा करती कि मैं कैसी पापिन हूँ कि अपने नेक और सीधे शौहर के लिए ऐसी-वैसी बातें सोचती रहती हूँ।

समी मियाँ ख़ुशी से फूले न समाए थे जब उन्हें मालूम हुआ कि वे बाप बनने वाले हैं। उस दिन दफ़्तर पहुँचे तो सभी के साथ ख़ुशमिज़ाजी से पेश आते रहे। दफ़्तर का माहौल ही बदला हुआ था बिला वजह ही घंटी पर हाथ मार देते। कभी मैनेजर को बुला लेते और कभी सेक्रेटरी को और शरमाकर कह देते, "माफ़ करना भूल गया क्यों बुलाया था?"

सभी परेशान थे कि माजरा क्या है? मालिक आज मुस्करा रहे हैं, गुनगुना रहे हैं, ग़लती करके सॉरी भी कह देते हैं। एक मसला था समझने का न समझाने का। शाम तक दफ़्तर वालों ने यह सोचकर इत्मीनान कर लिया कि कारोबार में कोई बड़ा फ़ायदा हुआ होगा। समी मियाँ के लिए इससे बढ़कर कोई और ख़ुशी की बात ही नहीं हो सकती थी।

यह गुत्थी उस दिन सुलझी जब समी मियाँ एक दिन दफ़्तर जरा देर से पहुँचे और मालूम हुआ कि अमीना अस्पताल गई हुई हैं। एक नई मुन्नी सी गुड़िया तशरीफ़ लाई है। रवायत के मुताबिक़ समी मियाँ भी अमीना से ख़फ़ा-ख़फ़ा रहे,

आँखों ही आँखों में कहते, "नालायक बीवी! इसी दिन के लिए तुम्हारे नख़रे उठा रहा था कि तुम मुझको एक और बेटी की लानत से नवाज़ दो?" पर करते क्या? मजबूर थे। यह सोचकर तसल्ली कर ली कि चलो अल्लाह ने चाहा तो फिर कभी बेटा भी हो जाएगा। मगर बी अमीना ने तो गोया क़सम ही खा ली थी बेटे की। दूसरी बार भी बेटी ही का अवतार हुआ। अमीना बेचारी शरम और ख़ौफ़ से काँप-काँप गई कि अब समी मियाँ को क्या मुँह दिखाएगी।

समी मियाँ की भी अल्लाह ने सुन ली और दो अदद बेटियाँ पाने के बाद बेहद ख़ुश हुए बेटे से। अमीना तो उसी तरह चक्की में गेहूँ की तरह पिसती रही। समी मियाँ के नखरों में कोई कमी न आई बड़ी बाक़ायदगी से वह अपने रोज़ाना के रूटीन पर कायम रहे। बड़े गर्व से यह कहते, "चार बच्चों का बाप हो गया हूँ मगर आज भी वही मामूल है जो शादी के वक़्त था।" कभी पलट के फूटे मुँह यह न पूछा कि बीवी की भी कुछ आकांक्षाएँ थीं? कोई जीवन था, कोई शौक़ था, कोई ख़्वाहिश थी या तमन्ना थी? अब तो बहुत देर हो चुकी थी। अमीना बच्चों की देखभाल में ऐसी उलझी कि उसको ख़ुद की भी ख़बर न रही।

कब दिन हुआ? कब रात हुई? क्या खाया, क्या पिया, कपड़े क्या पहने? दिनों आसमान न देख पाती, उसको नीला आसमान और आसमान पर अठखेलियाँ करते बादल। चाँदनी रात और हल्की-हल्की फुहार बहुत पसन्द थी। मगर सब यादें माज़ी होकर रह गया। अजीब अधूरी सी ज़िन्दगी थी मगर एक इत्मीनान था, सुकून था, सोचती थी कि चार बच्चे पाल रही है वही उसका कारनामा है। उसकी उपलब्धि। और पति की देखभाल में भी कमी नहीं आने दी। वह भी ख़ुश है।

एक दिन समी मियाँ ने बताया कि वह कुछ दिनों के लिए बिज़नेस के सिलसिले में बाहर जा रहे हैं। अमीना काँप उठी कि वह कैसे रहेगी उनके बग़ैर। परेशानी प्रकट करते ही जवाब में बेभाव की पड़ी, "चार बच्चों की माँ बन गई हो मगर अब भी बच्ची बनी हुई हो! मैं कोई हमेशा के लिए थोड़े ही जा रहा हूँ।

महीने भर में वापस आ जाऊँगा।" बेचारी ने डरते-डरते अकेलेपन का इजहार किया कि "मैं सिर्फ़ मर्द नौकरों के साथ अकेली कैसे रहूँगी?" तो बड़ा एहसान किया और इजाज़त दे दी कि "गाँव से खालाजान से कहकर कोई नौकरानी बुला लो।" और अमीना मुस्करा दी क्या अच्छा तरीक़ा समझाया है।

समी मियाँ चले गए और अकेलेपन से तंग आकर अमीना को एक मददगार महिला को बुलाना नहीं पड़ा। खालाजान ने अमीना का खत मिलते ही नूरां को गाड़ी पर बैठा दिया कि अमीना को ज़्यादा दिन अकेले न रहना पड़े। इसके आने से अमीना को वाक़ई सहारा हो गया। कोई बोलने वाला तो मिला। उसने बच्चों को सँभालने में भी पूरा हाथ बँटाना शुरू कर दिया और अमीना को उसकी आदत सी हो गई। वह नूरां को अपनी छोटी बहन की तरह प्यार करने लगी। अपने कपड़े दे दिए कि नहा-धोकर बदलने के लिए काफ़ी जोड़ें हो जाएँ वरना यह ग़रीबों की लड़कियाँ तो एक ही जोड़ा धो-धो कर पहनती रहती हैं जब तक के तार-तार होकर शरीर न नज़र आने लगे।

नूरां सत्रह साल की थी मगर समय की सख़्तियों ने वक़्त से पहले ही बचपन से उठाकर एक भरपूर जवान औरत में परिवर्तित कर दिया था। चेहरे पर मासूमियत और बचपना था मगर शरीर पूरे तौर से गदरा चुका था जवानी कपड़ों के नीचे से फटी पड़ती थी, ज़िम्मेदारी और हर वक़्त काम में ऐसे लगी रहती जैसे अमीना की ही उम्र की हो।

अमीना को उस पर बहुत दया आती कि इतनी छोटी-सी उम्र में कितना काम करती है। अपने माँ-बाप को छोड़कर अमीना और बच्चों की ख़िदमत करने आई है। अमीना को कहाँ मालूम इस ग़रीबों की न तो संवेदनाएँ अपनी होती हैं और न ही भावनाएँ। वे दूसरों ही के लिए पैदा होते हैं और दूसरों ही के लिए मर जाते हैं। उनकी मौत पर न कोई रोता है और न मातम करता है क्योंकि ग़रीब तो कई बार मरता है। फिर भला कितनी बार मातम किया जाए। किसके पास है इतना समय।

नूरां को अच्छा खाना-पीना और अमीना की मोहब्बत और ख़ुलूस नसीब हुए तो देखते ही देखते जिस्म भर गया, क़द लम्बा हो गया। उसके गालों के गड्ढे भर गए। लम्बे-लम्बे बालों में चमक आ गई। फुर्ती से दौड़ती हुई चलती तो एक लम्बी सी चोटी जिस्म के साथ लहराती रहती उसकी अपनी पीठ में उसको गुदगुदाती रहती। हँसती तो लम्बी-लम्बी पलकों वाली आँखें हल्की सी बन्द हो जातीं तो बेहद प्यारी लगतीं।

अमीना के लिए मुश्किल हो गया उसकी देखभाल करना। घर के मुलाज़िम ओवरटाइम करने के लिए बेचैन रहते। हर शख़्स को अमीना बेगम साहिबा से बेहद हमदर्दी हो गई। हर काम करने वाला मोहब्बत का पुतला बन गया। अमीना को नूरां के साथ बच्चों की परवरिश में इतना मज़ा आने लगा कि देखते ही देखते पूरा महीना ख़त्म हो गया और समी मियाँ भी वापिस तशरीफ़ ले आए। आते ही उनके नखरे भी शुरू हो गए।

मगर अब हर काम आसानी और वक़्त पर होता चला जा रहा था, जैसे ज़िन्दगी में ठहराव सा आया हो। तूफ़ान थम गया हो। समी मियाँ वैसे ही उठते, टहलने जाते, नाश्ता करते, सजते-बनते, दफ़्तर जाते, वापस आते, कुछ मित्र लोग भी साथ आते खाते-पीते। कुछ कारोबार की बातें होतीं। कुछ पीठ पीछे दूसरों की बुराइयाँ की जातीं और कुछ अमीना की आलोचना और इन सब प्रिय मसलों से फ़ुरसत पाकर समी मियाँ घड़ी देखकर बेचैन होते और अपने कमरे की ओर रवाना हो जाते। अँधेरे की चादर फैल चुकी होती रेशमी ड्रेसिंग गाउन पहने बच्चों के कमरे की तरफ़ जाते गुडनाइट कहते और याद दिलाते कि वह उनके बाप हैं। वापस जाते समय अमीना को भी हाथ हिलाकर गुडनाइट इशारे से कर लेते और आरामगाह की तरफ़ रवाना हो जाते।

अमीना को फूफी अम्माँ ने बचपन ही से सूर्योदय से पहले की नमाज़ अदा करने की आदत ऐसी डाली थी कि चाहे दुनिया इधर की उधर हो जाए नमाज़ नहीं छूटती थी। बच्चों की वजह से अक्सर समी के कमरे में नमाज़ पढ़ने चली

जाती। कभी-कभी अमीना अगर चन्द लम्हे देर से आती तो वे सवेरे की सैर के लिए जा चुके होते। मगर उस दिन जब वह कमरे में आई तो समी मियाँ सोए हुए थे। चटा-पटी की रज़ाई सर तक ओढ़े हुए। अमीना घबरा गई, "या अल्लाह ख़ैर करना।"

कहीं ख़ुदा-न-खास्ता इनकी तबीयत ख़राब तो नहीं हो गई। कहीं रात को साथ वाले कमरे में छोटा वाला रो रहा था, उससे नींद तो नहीं टूट गई! या अल्लाह अपना करम करना, इनको कुछ न हो। इनकी आई मुझ पर आ जाए। फिर ख़ुद ही चौंक पड़ी कि मैं खड़ी-खड़ी उलटी-सीधी बातें सोचे जा रही हूँ। बढ़कर हाथ रखकर देखूँ तो बुख़ार तो नहीं हो गया है। लड़खड़ाते क़दमों से आगे बढ़ी समी मियाँ कि धनक के रंगों में असली रेशम की नरम ओ नाज़ुक रज़ाई को हल्के से खिसकाकर झुकी तो रज़ाई हाथ से वहीं छूट गई।

सकते का आलम था। दो बड़ी-बड़ी आँखें अमीना के सामने झुकी हुई थीं। नर्म सुनहरे रेशमी बाल सुराहीदार गरदन में लिपटे हुए थे। अमीना ने काँपते हुए ख़ुश्क गले से फँसी-फँसी आवाज़ में, बेहद मुश्किल से उसके मुँह से बस इतना निकला, "नूरां! तुम हो?"

दोनों आसमानों के रंग

"अम्मीजान, आज इस तारीख़ को लिख लें और मन में बैठा लें कि मैं सरदार अमजद अली ख़ान, ख़ुदा को हाज़िर-ओ-नाज़िर जानकर पाक परवरदिगार के सामने आपकी क़सम खाकर कहता हूँ कि जब तक निन्यानबे हिन्दुस्तानी नहीं मार लिये चैन से नहीं बैठूँगा। अल्लाहपाक के निन्यानबे नामों के हर एक नाम पर एक एक हिन्दू गिराऊँगा। अम्मीजान आप भी क़सम खाइए कि किसी भी वजह से अगर मैं ऐसा न कर सका तो आप भी मुझे अपना दूध माफ़ नहीं करेंगी।"

"बेटा, ऐसी नफ़रतों से क्या कभी कोई काम बना है! कोई फ़ायदा नहीं ऐसे जज़्बाती फ़ैसलों का। हमें तुम्हें क्या मालूम वहाँ इतनी ऊँचाई पर अकेले पड़े-पड़े जवान ख़ून उस ठंडक में भी इतना गरम और ज़ालिम क्यों हो जाता है जो दरिंदों की तरह एक-दूसरे को खा जाते हैं।"

उस छोटे से घर की एक-एक वस्तु जैसे डोल गई। ताक़ पर रखे क़लामे-पाक के वरक़ काँप गए। बिजली के बल्ब की रोशनी जैसे मद्धम होकर जलने-बुझने लगी। सरदार अमजद अली ख़ान की सोच की तरह हर ओर वीरानी और अँधेरा सा छा गया। मगर सरदार की सरदारियत में रत्ती भर भी लचक न पैदा हो सकी।

"माँ, तुम माँएँ हिन्दुस्तानियों की ज़्यादतियों और मज़ालिम को ऐसे ही माफ़ करती रहीं तो उन बेईमानों ने जो छोटा-सा हिस्सा हमारे देश के नाम पर हमको

अपना देश बनाने को दिया है वो भी वापस हड़प जाएँगे। हमारे देश के वजूद को सफ़हे-हस्ती से मिटा देंगे। हिजरत में हम मुसलमानों का कितना ख़ून बहा है। एक-एक का बदला गिन-गिन के लूँगा।"

"बेटा ख़ून तो दोनों ओर का बहा है। और दोनों के ख़ून का रंग भी लाल ही था। हाथ-पैर, कान-नाक रंग-मिज़ाज खाना-पीना सभी तो एक ही जैसा था!"

"अम्मीजान, आप नहीं बदल सकतीं। अपनी ही सी बोले जाएँगी। अब कान खोलकर सुन लीजिए, मेरा तबादला कश्मीर का हो गया है और मैं जा रहा हूँ। देख लूँगा हिन्दुस्तानी पंडितों को कैसे नहीं छोड़ते हमारा कश्मीर!"

बँटवारे के वक़्त से बन्दरबाँट करके बैठे हैं। हमारे देश का इतना बड़ा-सा हिस्सा हथिया लिया और अब हमारा कश्मीर भी हड़प कर लेना चाहते हैं। मैं ऐसा नहीं होने दूँगा। हरगिज़ नहीं। कभी भी नहीं। बस कह दिया नहीं-नहीं-नहीं। अमजद अली पागल हुआ जा रहा था।

"वो क्या हड़प कर लेंगे। तुम्हारे जैसे लोग ही तो चले थे अपना एक नया संसार बसाने, उन लोगों ने तो नहीं कहा था अलग हो जाने को। अक्ल है तो आप ही देख लो क्या बना लिया है अपने देश को।"

"बस अम्मीजान, बस। मेरी बीवी और मेरा बेटा, मेरी अमानत का ख़याल रखिएगा। मैं अब नहीं रुकने वाला।"

"और मेरी अमानत का ख़याल कौन रखेगा। मेरे जिगर के टुकड़े का? मुझ विधवा ने अकेले पूरी ज़िन्दगी तुझे पाल-पोसकर बड़ा किया और आज तू इस बुढ़ापे में हम सबको अकेला छोड़कर चला जा रहा है!"

"अम्मीजान, ऊपर ख़ुदा है वो देखभाल करेगा आप सबकी।"

सरदार अमजद अली ख़ान चल दिया, अपनी अन्तरात्मा को मारकर। माँ से कड़वी-कसैली बातें बघारकर कश्मीर आज़ाद कराने। बीवी और बेटे को रोता-बिलखता। बूढ़ी माँ की लाठी बनने के बजाय बन्दूक़ उठाकर अपने परिवार की देखभाल की ज़िम्मेदारी माँ के बूढ़े कन्धों पर लादकर अपने जुनून की पूर्ति

करने। निन्यानबे हिन्दुस्तानी मारने। नफ़रतों का थैला अपने जिस्म-ओ-दिमाग़ पर लपेटे रवाना हो गया।

ये सब पगला गए हैं। माँ ने एक ठंडी साँस के साथ सोचा। मोटी मलमल के चौड़े से दुपट्टे को पीछे से खींचकर चाँदी जैसे बालों को ढाँका। घुटने सिकोड़कर उस पर सर को टिकाकर दोनों घुटनों के गिर्द दोनों बाँहों को जकड़कर बैठ गईं। दोनों हाथों की उँगलियों को ऐसे एक-दूसरे में जकड़ लिया जैसे अब ये ताला कभी नहीं खुलेगा। मुँह को ऐसे छुपा लिया कि किसी को मालूम न होने पाए कि आज माँ भी टूट गई है। माँएँ टूटती हैं तो न बन्दूक़ की आवश्यकता होती है और न ही बारूद की। ऐसा तूफ़ान आता है कि गुनहगारों को चुन-चुनकर बहा ले जाता है। मगर माँ फिर भी बेटे की रक्षा और सलामती की प्रार्थना करती रही, गिड़गिड़ाती रही भगवान के आगे। पूरा शरीर झुरझुरा रहा था, प्रयत्न कर रही थी कि कोई देखने न पाए वरना सब हिम्मत हार जाएँगे। अभी तो बहुत लम्बी यात्रा करनी है उन तीनों को एक-दूसरे की लाठी बनकर।

पाँच वर्ष का पुत्र बस एक ही रट लगाए हुए था, "अब्बूजी, मत जाओ। मत जाओ मेरे अब्बूजी। मुझे साथ ले चलो!" बेटा चीख़ें मारता रहा, हिचकियों से रोता रहा पर अब्बूजी तो शिकार पर निकल पड़े थे। कमर पर कसी हुई पेटी, जिस्म पर कलफ़ लगी वर्दी ऐसा महसूस होता था जैसे उसका तमाम वजूद अकड़ गया हो। एक-एक क़दम ऐसे ज़मीन पर मार रहा था जैसे अपने ही देश की धरती का सीना चीरकर ढेरों ख़ून से सिंचाई कर देगा।

जाते हुए एक बार भी मुड़कर नहीं देखा उसने। शायद बेटे की हिरणों जैसी सहमी हुई आँखों की ताब न ला सकता हो। माँ की गोद की मुलायम गरमी उसकी क़सम न तोड़ दे। बीवी का जवान ज़िस्म अपनी ज़ुल्फ़ों में न गिरफ़्तार कर ले।

वो चला गया।

बेटे ने खाना बन्द कर दिया।

दुल्हन रानी की आँखों का काजल बह गया।

माँ टूट गई।

सेहन में मोगरे के जो फूल लगे थे अब वो खिलते और मुरझा जाते कोई न तोड़ता, न गजरा बनाता और न ही कान के बड़े-बड़े छेदों में ठूँसकर पहनता। कपड़े सुखाने की आँगन में एक सिरे से दूसरे सिरे तक बँधी हुई डोरी जो कि पहले छोटी पड़ जाती थी अब बड़ी पड़ने लगी थी। पप्पू मियाँ कपड़े टाँगते ही उसके आगे-पीछे घूमने लगते हर कपड़े की ठंडक को गालों से लगाते और अन्त में उसके पीछे छुपकर अब्बूजी अब्बूजी मुझे ढूँढ़िए मैं कहाँ हूँ! नीचे से टाँगें नज़र आ रही होतीं फिर भी अब्बूजी पूरी तरह उसे यक़ीन दिलाते कि कहाँ हो बेटे दिखाई नहीं दे रहे हो। और आज कपड़े तो सूख रहे थे पर पप्पू उसके क़रीब भी नहीं गया। दूर से बैठा कपड़ों को देखता रहा। शायद इन्तज़ार कर रहा था कि आज उसके अब्बूजान कपड़ों के पीछे से बस अभी निकल आएँगे।

आज अब्बूजी के वापस न आने पर पप्पू ने पूछ ही लिया कि अब्बूजी अभी तक आए क्यों नहीं। क्या मेरे लिए खिलौने लेने गए हुए हैं?

ऐसा सवाल था जिसका जवाब कोई न दे सका!!

वो खिलौने लेने नहीं वो जानों से खेलने गए हुए हैं।

अम्मीजान और दुल्हन रानी ने एक साथ यही सोचा पर कह न सकीं।

पप्पू का खाना-पीना छूटने लगा।

खाना न खाने की वजह से दुबला होता जा रहा था।

"अरे दुल्हन रानी साथ बैठकर अपने हाथ से खिलाओ तो शायद कुछ तो पेट में पड़ जाएगा वरना कहीं बीमार न हो जाए। बड़ी मुश्किल होगी। बाप तो निन्यानबे हिन्दुस्तानी मारने के जुनून में गया हुआ है। यहाँ हम औरत ज़ात जीते-जी मर जाएँगे।"

दुल्हन रानी क्या करती। कैसे खिलाती। मुँह में ठूँस तो सकती थी पर निगलवा तो नहीं सकती थी। प्यार से, डाँटकर, मारकर, सज़ा देकर हर तरह से कोशिश करती पर पप्पू से खाना खाया ही न जाता। ज़बरदस्ती खा लेता तो उगल देता या नहीं तो दस्त लग जाते। वो रोने लगता तो यही सवाल उठता कि बाप के चले जाने के कारण ज़हन पर असर हो गया है। फिर सास-बहू खिलौने दिलवाने की लालच देतीं। बाहर पार्क में ले जाने के वास्ते देतीं। पप्पू सब कुछ हासिल कर लेता पर मन की उबकाई को कैसे रोकता। पीला पड़ता जा रहा था। बाप तो ऊँचाई की ओर बढ़ता जा रहा था हिन्दुस्तानियों के ख़ून का प्यासा अपने अन्दर लगी हुई आग को उनके ख़ून से बुझाने। नफ़रत और ग़ुस्सा रोम-रोम से फूटा पड़ रहा था और पाँच बरस का बेटा बाप की याद में किसी तलवार या बन्दूक़ के बिना ही न मालूम बीमारी की ओर बढ़ता चला जा रहा था। अकेलेपन की बीमारी। बाप से दूरी की बीमारी। बाप की बीमार सोच की बीमारी।

"दुल्हन रानी, बच्चे को किसी बड़े डॉक्टर को दिखाना चाहिए। अगर हमने ऐसे ही पड़ा रहने दिया तो कहीं लेने के देने न पड़ जाएँ। बाप कश्मीर जीतने गया हुआ है हम यहाँ इस जिगर के टुकड़े के जीवन से न हाथ धो लें!"

"अम्मीजान, बड़े डॉक्टर के लिए बड़े पैसे भी तो चाहिए। और अम्मीजान आजकल तो बड़ा डॉक्टर जो ज़्यादा पैसे माँगे वही समझा जाता है। हमारे देशों में तो डिग्री भी खरीद ली जाती है।

"ऐ मेरे ख़ुदा, हम कहाँ जाएँ।" किससे मदद माँगें। हम क्यों चले आए अपना घर-बार छोड़कर। बड़े चले थे आज़ाद मुल्क बनाने। हम तो इस आज़ाद मुल्क के क़ैदी बनकर रह गए हैं। ये कमबख़्त वढेरे ज़मींदार हुकूमत कर रहे हैं। इनको किसी की कोई परवाह ही नहीं। अपने पेट की दोज़ख भरते रहते हैं अपनी औलाद को खिला-पिलाकर साँड़ बना देते हैं। बाहर पढ़ने को भेज देते हैं मुल्क को जो पैसा ख़ैरात में आता है वही वो वापस ले जाकर जायदादें बनाते

हैं वहाँ के बैंकों में छुपाकर रख लेते हैं जब गद्दी से उतरेंगे तो उसी पैसे से ख़ुद ऐयाशी करेंगे। हम यहाँ भूखे मरते रहें। हमारे बच्चे जो हमारी ख़ुशियों की आख़िरी उम्मीद होते हैं वो या तो कश्मीर जीतने को भेज दिए जाते हैं या नहीं तो बीमारी निगल जाती है उनको।"

"अम्मीजान, आप इतनी परेशान न हों इंशाअल्लाह पप्पू ठीक हो जाएँगे।"

"कैसी मासूमियत की बातें करती हो दुल्हन रानी। बिना इलाज-मुआलजे के तो जानवर भी नहीं सेहतमन्द हो पाता है। हिन्दुस्तान में जब हमारी भैंसें बीमार हो जाती थीं तो उनको मवेशियों के अस्पताल भेजा जाता था। अगर कुत्ते को चोट लग जाती थी तो उसको भी हल्दी और साबुन मिलाकर गरम करके लेप लगाकर पट्टी बाँध दी जाती थी। बिटिया तुम तो अभी बच्ची हो, न समझ पाओगी इन बातों को। अच्छा चलो फ़ोन लगाओ मेरे बेटे को मैं बात करती हूँ। तमाम सूरतेहाल बताती हूँ। बदबख़्त बन्दूक़ उठाकर दूसरों के बच्चों को अनाथ करने गया हुआ है यहाँ अपना बच्चा ज़िन्दगी की बाज़ी हारने लगा है। पीला पड़ता जा रहा है। जैसे सरसों की कोठरी में बन्द कर दिया गया हो।"

"दुल्हन रानी, मेरा जी घबराने लगा है। ज़रा तीन क़तरे कोरामीन के पिला दो। मैं कोरामीन की दवा तो हिन्दुस्तान ही से आने-जाने वालों के हाथ मँगवा लेती हूँ। यहाँ तो न जाने क्या-क्या मिला देते हैं। घरों के आँगनों में तो चॉक पीस-पीसकर गोलियाँ बना लेते हैं। मरीज़ गोलियाँ खाता जाता और मौत के दहाने पर खड़ा हो जाता है तो लेकर भागे फिरते हैं इधर से उधर।"

"अम्मीजान, आपने फ़ोन लगाने को कहा था मैंने लगाया तो, मगर उठा नहीं।"

दुल्हन रानी ने अम्मीजान की और कोई बात तो सुनी नहीं। पति से बात करने को तो वो तड़प ही रही थीं जल्दी से फ़ोन मिलाने की कोशिश करने लगीं पर असफल रहीं। घबरा सी गईं। बुरे-बुरे विचार सताने लगे। कहीं किसी बेगुनाह की जान तो नहीं ले ली! कहीं आप ही ज़ख़्मी तो नहीं हो गए। पप्पू ने लेटे-लेटे आवाज़ दी, "अम्मी पानी पिला दो।"

"ऐ दुल्हन रानी बच्चे का ख़ाली पेट है, कुछ मुँह में डाल दो फिर पानी पिलाना।"

"मुझे नहीं खाना है कुछ भी। अम्मी जल्दी से पानी दो। बहुत प्यास लगी है।" गटागट ऐसे पानी पी गया जैसे मरुस्थल में बैठा हो। ऐसा प्यासा जैसे वर्षों से पानी न देखा हो। शायद प्यास बाबुल मिलन की थी। बड़ी-बड़ी आँखें पूरे चेहरे पर केवल वही दिखाई दे रही थीं। पाँच वर्ष के बच्चे की बेरौनक़ आँखें। आँखों की चमक कहाँ खो गई थी किसी को नहीं मालूम।

हिकमत और आयुर्वेद दोनों में हर बीमारी का इलाज जिगर से शुरू किया जाता है। दुल्हन रानी तेज़-तेज़ क़दम बढ़ाती हकीम जी के आगे-आगे घर की ओर भागती आ रही थीं कि हकीम जी भी तेज़-तेज़ चलें। हकीम जी ऊँचा सफ़ेद पाजामा और उतना ही लम्बा ढीला-ढाला बन्द गले का सफ़ेद कुरता और सर पर सफ़ेद टोपी ओढ़े लाठी टेकते-टेकते घर के आँगन के दरवाज़े से भीतर आए। हर क़दम पर या अल्लाह, बिस्मिल्लाह, जाप करते जाते। अम्मीजान को ऐसा महसूस हुआ कि कहीं दुल्हन रानी मस्जिद के इमाम को तो नहीं पकड़ लाई हैं।

हकीम जी ने अन्दर क़दम रखते ही अम्मी जी को 'अस्सलाम-ओ-अलैकुम हमशीरा साहेबा' कहा तो अम्मीजान आवाज़ पहचान गईं और उनकी आवाज़ भर्रा गई जवाब देते हुए, रुआँसी आवाज़ में बोलीं, "हकीम जी, अल्लाहपाक के बाद इस बच्चे की ज़िन्दगी आप ही के हाथ में है। ख़ुदारा इस बच्चे को सेहतयाब कर दीजिए। "न जाने इस मासूम को किसकी नज़र लग गई है।" उनको यक़ीन था कि हकीम जी के इलाज से उनका पप्पू ज़रूर ठीक हो जाएगा। क्योंकि हकीम जी अल्लाह वाले हैं। उनके हाथ में शिफ़ा तो होगी। उन पर अल्लाह का करम भी होगा।

हकीम जी ने आते ही पप्पू मियाँ से कहा ज़बान दिखाइएगा साहेबज़ादे। पप्पू रोने लगे मेरे अब्बूजान ज़बान दिखाने को मना करते थे। मैं नहीं दिखाऊँगा। यह सुनते ही सास-बहू की आँखों से भी बेमौसम मेह बरसने लगा। हकीम जी

घबरा गए कि उन्होंने क्या ग़लती कर दी कि सारा घर रोने लगा। अच्छा लाओ बेटे नब्ज़ दिखाओ। कोई पन्द्रह मिनट तक हकीम जी नब्ज़ पकड़े बैठे रहे और फिर उसकी आँखें खींच-खींचकर देखीं और घोषणा कर दी कि बच्चे का जिगर ख़राब हो गया है। दिन में पाँच ख़ुराक दवा का नुस्खा लिखकर पच्चीस रुपए फ़ीस लेकर जैसे आए थे वैसे ही चले गए। अम्मीजान और दुल्हन रानी दोनों चुप खड़ी एक-दूसरे को देखती रहीं शायद एक ही बात सोचती रहीं कि 'अब क्या होगा।'

अम्मीजान जैसे सोते से जागीं! और दुल्हन रानी को भी झिंझोड़ा और फिर उनका सर अपने सीने से लगा लिया और पूरी हिम्मत से आवाज़ में ठहराव पैदा करते हुए प्यार से कहा, जाओ बेटी दौड़ो हकीम जी के पीछे। कहीं दवाख़ाना बन्द करके निकल न जाएँ। बेचारी दुल्हन रानी बेटे को लिपटाकर प्यार भी न कर पाई सर पर दुपट्टा डाला और भागीं हकीम जी के पीछे। ये दवाएँ खिलाना और उसको खिलाने से पहले बच्चे को तैयार करना भी जान जोखिम का काम था। बेचारी थक जाती थी। खाना पकाना, घर की सफ़ाई करना, अम्मीजान को खाना खिलाना, उनकी दवाएँ भी समय पर देना। पप्पू तक पहुँचते-पहुँचते बिलकुल टूट जाती थी। पप्पू को दवा खिलाना दूभर हो जाता था। जो बच्चा एक से एक अच्छा खाना न खा रहा हो वो हकीम जी की खट्टी-मीठी-कड़वी-कसैली दवाएँ क्या खाएगा। पति बहुत याद आता। काश, वो यहाँ होते कुछ बोझ बाँट लेते या शायद पप्पू बीमार ही न होता। आज वो भी सोचने पर मजबूर हुईं कि पता नहीं ये कश्मीर आज़ाद कराने का जुनून क्यों सवार हुआ!

कोई भावात्मक बात ही जुनून का रंग धारण कर लेती है। और जुनून का कोई तोड़ नहीं होता। और न ही उसकी कोई परिभाषा होती है। जब जुनून सर पर चढ़ जाए तो भगत सिंह पैदा हो जाते हैं। अपने देश से प्यार के नशे में मतवाले। अपने देश को चुराने वाले डाकुओं से लड़कर अपनी क़ुर्बानी दे देने वाले

जियाले। इनके नामों से तो इतिहास लिखा जाता है और वही जुनून नाथूराम गोडसे का जन्मदाता भी होता है। घृणा-नफ़रत और ख़ून का प्यासा। इनसान से हैवान बना देता है। तो क्या मेरा पति सरदार अमजद अली ख़ान भी इनसान से हैवान। नहीं-नहीं मैं ऐसी बात नहीं सोचूँगी उनके लिए। वो तो अपनी सरहदों की रखवाली करने गए हुए हैं। बेचारे घर का आराम छोड़कर न जाने कहाँ ठोकरें खा रहे होंगे। खाने को भी मिलता होगा कि नहीं? और पता नहीं कितने दिनों तक सो भी नहीं पाते होंगे। सोने के बारे में सोचते ही दुल्हन रानी सिहर सी गईं। खड़े-खड़े ही बीरबहूटी की तरह लाल होकर सिकुड़ सी गईं, शरम की लहर चेहरे पर मुस्कान बनकर फैल गई।

"ऐ दुल्हन, कोई चुटकुला याद आ गया है क्या! बेटी तुम तो भूल ही गईं कि अभी बच्चे के लिए दवा का काढ़ा भी पकाना है।"

दुल्हन रानी चौंककर अपनी असली भयानक दुनिया में वापस आ गईं। दुनिया भयानक तो उसी समय हो गई थी जब पतिदेव इतना भयानक सपना लेकर कश्मीर जीतने निकले थे। उन्हें जीतने का भी कोई इतना शौक़ नहीं था जितना निन्यानबे हिन्दुस्तानी मारने का।

क्या शौक़ है! आज पहली बार दुल्हन रानी की सोच विद्रोही होने लगी थी। उनकी समझ में नहीं आ रहा था कि ये हिन्दुस्तानी मारने की क्या रट लगा रखी है। क्या हिन्दुस्तानी इनसान नहीं होते! क्या उनके माँ-बाप, बाल-बच्चे और दुल्हन रानियाँ नहीं होतीं! उनका रंग, नाक-नक़्शा क्या हमारे जैसा ही नहीं होता! क्या अपनों के लिए उनका मन नहीं बेचैन रहता। वो भी तो कश्मीर में बैठे सोचते होंगे कि छुट्टी मिले तो परिवार से मिलने जाएँ और ये मेरा पति सरदार अमजद अली ख़ान क़सम खाए बैठा है कि निन्यानबे बेगुनाह हिन्दुस्तानियों को मौत के घाट उतारेगा कि वे कश्मीर पर क़ब्ज़ा करना चाह रहे हैं। दुल्हन रानी को आज पहली बार अपने पति की पत्नी होने पर शरम महसूस हुई।

पप्पू भी बेसुध चुपचाप गुड़ी-मुड़ी बना बिस्तर पर लेटा हुआ था। अब तो उसका खेलने-कूदने, खाने-पीने, हँसने-रोने किसी चीज़ का भी तो जी नहीं चाहता।

हकीम जी की दवा का हाल सन्दल जैसा था कि सर के दर्द के लिए सन्दल लगाना लाभदायक है पर उसको घिसना और लगाना भी तो दर्दे-सिर होता है!

अम्मीजान मोबाइल को उलटा पकड़े क्या बेटा-क्या बेटा बार-बार चिल्ला रही थीं आवाज़ नहीं सुनाई देती बड़बड़ाईं। पप्पू उठकर बैठ गया। दादी के हाथ से फ़ोन खींच लिया और एक साँस में अब्बूजी, अब्बूजी, की रट लगा ली। सरदार अमजद अली ख़ान के हाथ से जैसे बन्दूक़ छूट गई। "बेटे कैसे हो? कैसे हो मेरे लाल क्या हुआ मेरे जिगर के टुकड़े को। कोई बताओ मुझे। कोई बोलता क्यों नहीं। पप्पू मेरा बच्चा कैसा है तू। ठीक तो है न मेरा चाँद, मेरा सूरज!

आज सरदार अमजद अली ख़ान आए थे ख़ुशख़बरी देने कि उन्होंने किस बहादुरी से रात में सरहद पार करके सोते हुए चार हिन्दुस्तानी मार लिए हैं अभी पंचानबे बाक़ी हैं। साल भर में इंशाअल्लाह हम वो भी पूरे कर लेंगे।

दुल्हन रानी ये सुनकर चकरा गईं। ये ऐसा कौन-सा इतना बड़ा फ़र्ज़ निभा रहे हैं जिसके कारण इनकी दिलजोई की जाए। उन्होंने सीधे बता दिया कि बच्चा बेहद बीमार है। हकीम जी जिगर की बीमारी बताकर गए हैं। पल-पल जैसे पिघलता जा रहा है। अब सरदार अमजद अली ख़ान ज़मीन पर सिजदे में पड़ा गिड़गिड़ा रहा था परवरदिगार से बेटे के जीवन का सौदा कर रहा था। ऐ पाक परवरदिगार मेरा जीवन भी मेरे बेटे को दे दे।

"बेटे, तूने जो चार मारे हैं वो भी तो किसी पप्पू के बाप होंगे, किसी जवान लड़की का सिन्दूर होंगे, किसी माँ की आँखों का नूर होंगे।"

"अम्मीजान, ये हिन्दुस्तानी बड़े हरामज़ादे हैं इनकी जितनी भी धुनाई कर लो पर कश्मीर छोड़ने को नहीं तैयार होते।"

"वो कोई हमारी तरह थोड़े ही हैं। वो देशभक्त लोग हैं जान दे देंगे पर भारत-माता की रक्षा करना उनका धर्म होता है और हम कैसे ईस्ट पाकिस्तान

छोड़कर भाग लिये थे। वहाँ बांग्लादेश बन गया और हमारे सिपाही अपनों को ही लूटते-खसोटते रहे।" भारत तिरानबे हज़ार लोगों को बन्दी बनाकर ले गया। बाद में पछताए तो क्योंकि तिरानबे हज़ार को खिलाना-पिलाना और रखना आसान काम नहीं था।

"अम्मी मुझे उल्टी आ रही है।" दुल्हन रानी के सारे दिन की यही ड्यूटी होती इधर से उधर भागती फिरतीं। बाथरूम में जाकर चार आँसू बहा आतीं। कोई नहीं था जिससे दुख-दर्द बाँट सकतीं। अम्मीजान 'उनसे' बात कर रही हैं शायद वापस आने का कोई रास्ता निकाल लें वो। दुल्हन रानी इसी आशा में धीरे से कमरे में पहुँचीं तो आज पहली बार जीवन में अम्मीजान को फूट-फूट कर रोते देखा। दुल्हन रानी कमसिन होने के कारण पप्पू की बीमारी को इतना ख़तरनाक नहीं समझ रही थीं। अम्मीजान की एक ही रट थी, "बेटे अगर अपने बेटे के साथ कुछ समय गुज़ारना है तो फ़ौरन वापस आ जाओ।"

"सर, मेरा एक ही बेटा है उसका जिगर ख़राब हो गया है। सर मुझे वापस जाना है। नहीं सर, मुझ पर दया कीजिए, मुझे जाने दीजिए। वो नहीं रहा तो मेरी ज़िन्दगी का कोई मतलब नहीं रह जाएगा, सर।"

"ये फ़ौज की नौकरी है कोई खिलवाड़ नहीं। यहाँ आप किसी मक़सद से आए हो पहले उसको पूरा करो।"

"सर, उसमें तो समय लगेगा, सर।"

"तो समय लगाओ। याद है न जो कसम खाई थी और कॉन्ट्रैक्ट पर लम्बा सा साइन किया था। सरदार अमजद अली ख़ान पूरी एक लाइन भर गई थी तुम्हारे हस्ताक्षर से। आए हुए अभी साल भी नहीं बीता और बीवी याद आने लगी। उसके लिए बेटे का बहाना बना रहे हो। आज अमजद अली ख़ान पहली बार किसी के पैरों पर पड़ गया सर! मेरा बेटा, मेरा बेटा, मेरा बेटा मर जाएगा। मुझे जाने दीजिए, सर जी।

उसका बस नहीं चल रहा था कि कश्मीर के उन रूखे-सूखे पहाड़ों से

एक छलाँग लगाए और बेटे को उठाकर दबोच ले गोल-गोल घूम जाए, बेटा चिल्लाता रहे अब्बूजी रुक जाइए, अब्बूजी। अमजद अली ख़ान चौंककर रुक गया उसे एक क्षण के लिए समझ नहीं आया कि वो कहाँ तक पहुँच गया है। बस तेज़ी से गोल-गोल ऊँची-नीची सड़क पर दौड़ती जा रही थी अमजद अली ख़ान की सोच उससे भी तेज़ भाग रही थी। रात हो गई बस में ऐसी ख़ामोशी थी जैसे मुर्दा दफ़न करने जा रहे हों। जहाँ जिसकी मंज़िल आती वो चुपचाप उतरकर किसी ओर को निकल जाता। आज अमजद अली ख़ान को अपनी मंज़िल दूर भागती महसूस हो रही थी।

दूर से जब दरख़्तों के बीच से जुगनू की तरह चमकती रोशनी नज़र आने लगी तो उनको अम्मीजान का सफ़ेद मलमल का दुपट्टा याद आने लगा जिसमें रात को जुगनू पकड़कर दुपट्टे में क़ैद कर लिया करते थे उसमें से जुगनू की रोशनी छन-छनकर आती तो पूरे सहन में नाचते फिरते और अम्मीजान दुपट्टे के लिए शोर मचाती रहतीं कि वापस करो दुपट्टा, मेरा सर खुला है तेरे अब्बा आते होंगे। बड़ी मुश्किल से अमजद अली जुगनू को आज़ादी की साँस लेने देता जुगनू ऐसा खो जाता अँधेरे में कि अपनी रोशनी जिस पर वो गर्व करता था उसको गुल कर देता। आज अमजद अली ख़ान भी अँधेरे की ओर अग्रसर था उसको भविष्य का कोई पता नहीं था कि क्या होने वाला है!!

बस के रुकते ही अमजद अली तेज़-तेज़ क़दमों से टैक्सी के अड्डे की ओर भागा। बिना मोल-भाव किए घर की ओर रवाना हो गया। भूल गया कि किसको मारने चला था और कौन मरा जा रहा है। घर में सोता पड़ा हुआ था। पप्पू के कराहने की आवाज़ इस ख़ामोशी को तोड़ रही थी। बाप जैसे ही पप्पू के ऊपर झुका। पप्पू ने अब्बूजी कहकर गले में हाथ डालकर उठना चाहा पर उठ न सका। कराहने लगा। पप्पू के कमज़ोर हाथ-मुँह से बीमारी की महक सूखी लकड़ी जैसा शरीर अमजद अली को रुला देने के लिए काफ़ी था।

लम्बा-चौड़ा फ़ौजी घर के एक कोने में खड़ा आँसू बहाता रहा। अम्मीजान और दुल्हन रानी थककर बेख़बर सो रही थीं। पप्पू ने अब्बूजी को आवाज़ दी तो दुल्हन रानी ने थपथपाते हुए सो जाने को कहा।

अम्मीजान, अब्बूजान आ गए हैं।

सो जा बेटे अभी तो बहुत रात पड़ी है। बातें करोगे तो अम्मीजान भी जाग जाएँगी।

"अब्बूजान, अब्बूजान कहाँ गए आप?"

आज सरदार अमजद अली ख़ान चोरों की तरह छुपा कोने में खड़ा अपने अपराध को महसूस कर रहा था कि कैसे पूरे परिवार को बेसहारा छोड़कर निन्यानबे हिन्दुस्तानी मारने चला गया था। पप्पू की हालत देखने के बाद अब और किसी से मिलने की हिम्मत नहीं जुट पा रही थी। कोने वाली कुर्सी जिस पर हमेशा बैठा करता था आज मिट्टी से अटी उसी तरह उसी के इन्तज़ार में ख़ाली रखी हुई है। वो चुपचाप उस पर बैठ गया अपने मसले हुए यूनिफ़ार्म में जिसकी कलफ़ टूट चुकी थी, चमकदार जूते मिट्टी से अटे हुए थे। जो कसी बेल्ट थी वो भी ढीली हो गई थी। दुल्हन रानी के हाथ का खाना नहीं मिलता था। रोज़-रोज़ दाल-सब्ज़ी कैसे खाई जाती रोज़ मांस खाने वाले से। हफ़्ते में एक दिन मांस मिला करता था पर उसमें इतनी बिसाँध होती कि खाया नहीं जाता था। यहाँ दुल्हन रानी के हाथ का ख़ूब भुनाई किया खाना खाने के बाद कोई खाना अच्छा नहीं लग सकता था।

"अब्बूजान, किधर गए आप? अब्बूजान मुझे उठाइए।" आज पप्पू ख़ुद उठकर चल भी नहीं सकता था।

या ख़ुदा.! ये क्या हो गया है मेरे बेटे को। धीरे से उठकर पप्पू को गोद में लिया तो ऐसा लगा जैसे हड्डियाँ चुभ रही हों उसने घबराकर लाइट जला

दी तो अम्मीजान और दुल्हन रानी भी पप्पू लाइट क्यों जला दी कहती हुई उठ बैठीं। जैसे ही नज़र पड़ी बाप की गोद में हड्डियों का ढाँचा दुबका बैठा हुआ है। दोनों रोने लगीं। पप्पू और सरदार अमजद अली ख़ान ने भी आँसुओं से रोना शुरू कर दिया चारों रो रहे थे, चुप कराने वाला कोई नहीं था। एक तूफ़ान था जिसके टल जाने की कोई आशा नहीं नज़र आ रही थी।

"अब्बूजान, प्यास लगी है पानी पिला दीजिए।" दुल्हन रानी जल्दी से उठने लगीं, "नहीं, मुझे अब्बूजान के हाथ से पानी पीना है।" अब्बूजान भूल गए थे किधर को जाएँ। पप्पू ने रास्ता दिखाया अपनी पतली-पतली बाँहों को मुश्किल से ऊपर उठाकर। जाते-जाते अम्मीजान ने चाहा अपने बेटे को सीने से लगा लें पर वो तो अपने बेटे की चाहत में डूबा हुआ था। दुल्हन रानी हमेशा की तरह ख़ामोश अपनी बारी का सब्र से इन्तज़ार करती रहीं।

"अम्मीजान, आपके ज़िम्मे अपनी अमानत करके गया था। आपने ये कैसी देखभाल की?"

"क्या मैंने तुमसे कहा था कि तुम जाओ और मैं तुम्हारी ज़िम्मेदारी निभाऊँगी? बोल, कहा था मैंने? मैं कहती हूँ जवाब दे मेरी बात का। बहुत दुख दे लिये तूने अब मैं चुप नहीं रहूँगी। तुझको शर्म नहीं आती अपने करतूतों पर। अभी तो सो जाओ सबेरे बात होगी।"

सरदार को अम्मीजान ने कभी इस तरह नहीं डाँटा था। आज उनकी सरदारियत नीलाम होती नज़र आई। चुपचाप कमरे में घुस गए। दुल्हन रानी भी झपाक से पीछे-पीछे कमरे में पहुँच गईं। अन्दर अँधेरे कमरे से सिसक-सिसक के रोने की आवाज़ें आती रहीं और सुबह के इस पहर में हर तरफ़ ख़ामोशी छा गई। और फिर चिड़ियों ने अपनी चूँ-चूँ से सुबह की आमद की ख़बर दी।

"दुल्हन रानी, उठो नाश्ता बनाओ कितना लम्बा सफ़र करके आया है। भूखा होगा। दुल्हन रानी मुस्कराईं और लपककर किचन में पहुँच गईं। हल्की-हल्की

मोगरे की ख़ुशबू आज बहुत अरसे बाद हवा के ठंडे झोंके के साथ दुल्हन रानी के बालों से खेलती हुई आगे बढ़ गई। आज दुल्हन रानी रसोई में गुनगुना रही थीं। पप्पू बाप के सीने पर सर रखे घुटनों को जैसे तह करके सीने से चिपकाए बन्द नाक से गहरी-गहरी साँस ले रहा था। कभी-कभी अपनी सूखी लकड़ी जैसी बाँहें बाप के गले में डाल देता। बाप उन बाँहों को हल्के-हल्के सहलाता। ये क्या हो गया मेरे ख़ुदा मेरे बच्चे को! आज सरदार अमजद अली ख़ान बेबस हो गया था बच्चे की इस हालत को देखकर।

बेटे सरदार, उठो और बच्चे को किसी बड़े अंग्रेज़ी डॉक्टर को दिखाओ। वो ठीक से मुआयना करके बताएगा कि अब क्या किया जाए। हकीम जी तो बस ये कह गए कि जिगर ख़राब है। इतनी मनो दवाएँ घोलकर, पीसकर, पकाकर पिलाने को दे गए हैं कि बच्चा हलकान हो जाता है सारे दिन दवाएँ पी-पीकर। अरे भई हर काम की कोई इन्तहा भी होती है!

पलंग पर बैठे-बैठे फिर से आवाज़ लगाई, सरदार बेटे अब उठ भी जाओ वक़्त कम है। जितनी जल्दी हो सके बच्चे का मुआयना करवा लो। अल्लाह का नाम लेकर ले जाओ देखो डॉक्टर क्या बताता है?

सरदार अमजद अली ख़ान आज कितना मजबूर लग रहा था, बेबस, बिलकुल हारा हुआ सिपाही। कितना आसान था निन्यानबे सोते हुए दुश्मनों को हमेशा के लिए सुला देना। मगर आज अपने एक बच्चे के जीवन की भीख माँग रहा था बिस्तर में लेटा हुआ डर रहा था डॉक्टर के नाम ही से कि न मालूम क्या बीमारी बता देगा मेरे बच्चे को।

"अम्मीजान, ग़ज़ब हो गया। अम्मीजान, कुछ करिए मेरे बच्चे के लिए दुआ माँगिए कि अल्लाह मेरे पप्पू को सेहत अता करे। आज सरदार अमजद अली ख़ान का लम्बा-चौड़ा शरीर बेजान-सा हो गया था। ठोड़ी काँप रही थी, आँखें फाड़े हुए

थे। झपक नहीं रहे थे कि कहीं आसुओं का बाँध टूट न जाए और बेइख़्तियार बहने न लगें काँपती आवाज़ से दुल्हन रानी को भी आवाज़ दी और अम्मी के पलंग पर उनसे क़रीब होकर बैठ गए जैसे बचपन में घबराकर अम्मीजान से लिपट जाया करते थे। उनकी गोद में घुस जाया करते थे अब्बाजान के ख़ौफ़ से। आज फिर अमजद अली कँपकँपा रहा था चुप्पी लग गई थी। दुल्हन रानी अपने सब्र को समेटे चुपचाप खड़ी बेटे की ओर टकटकी लगाए देखे जा रही थीं।"

"अरे बेटे, कुछ बोलो भी, मेरा जी घबरा रहा है। दिल बैठा जा रहा है। दुल्हन रानी एक घूँट पानी में तीन क़तरे कोरामीन के डालकर ले आओ।"

"अम्मीजान, डॉक्टर ने कहा है पप्पू मियाँ के जिगर ने काम करना बन्द कर दिया है। ख़राब हो चुका है मेरे बेटे का जिगर।" और आज सिपाही सरदार अमजद अली ख़ान बेबस बैठा अम्मीजान के कन्धों पर सिर रखे बे मौसम के मेह बरसा रहा था।

"बेटे, हिम्मत करो...उठो मुँह धो लो। दुल्हन रानी इसको ठंडा पानी पिलाओ।" सास को अपने बेटे की फ़िक्र थी और दुल्हन रानी को अपने की। किसी को क्या मालूम उस नाज़ुक दुल्हन रानी को अपनी अम्मी किस क़दर याद आ रही थीं।

"अब क्या होगा? क्या कहता है डॉक्टर?"

"जिगर बदलवाना पड़ेगा।" ये कहकर फिर माँ से लिपट गए। "अम्मीजान इतने पैसे कहाँ से आएँगे?"

"बेटा, मालूम तो करो लगेंगे कितने।"

"बाहर के ही देशों में जिगर बदला जा सकता है।"

"और क्या यहाँ नहीं बदल सकते। यहाँ भी तो बाहर से पढ़कर आए हुए सैकड़ों डॉक्टर पड़े हुए हैं।"

"अम्मीजान, जिगर बदलने का ऑपरेशन बहुत मुश्किल होता है यहाँ नहीं हो सकता।"

"क्या बस लंदन और अमरीका ही में हो पाता है।" अम्मीजान ने और बारीकी में जाते हुए पूछा।

आज हकलाते हुए सरदार अमजद अली ख़ान के होंठों पर कँपकँपाते हुए एक और नाम आया पर कहीं गहरे कुएँ में जाकर गुम हो गया। खखारने लगे। गला साफ़ करते हुए बोले, "अम्मीजान वो क्या है कि हिन्दुस्तान में भी होता है और दूसरे देशों के मुक़ाबले में आधे पैसों में हो जाता है।"

दुल्हन रानी ने इत्मीनान की साँस ली और अपने दुपट्टे से ख़ुशी के आँसुओं को ख़ुश्क करने लगीं। उनको महसूस हुआ कि अब उनका पप्पू स्वस्थ हो जाएगा, उसको मैं ख़ूब पढ़ाऊँगी वो जो चाहेगा वही पढ़ने दूँगी, मैं उसको छूत-छात, जाति- पाँति, ऊँच-नीच इन सब अन्धविश्वासों से बहुत दूर रखूँगी, ख़ुशी के सपने देखते-देखते एकदम से चौंकीं और जल्दी से अम्मीजान का नाश्ता लेने रसोई में भागीं।

अम्मीजान ने आगे और इन्क्वायरी की कि भारत के किस शहर में होता है ऑपरेशन।

"अम्मीजान, मैं इतना बेगैरत नहीं कि दुश्मन देश में जाऊँ और अपने इकलौते बेटे के जिस्म में किसी ग़ैरमज़हब वाले का जिगर लगवा दूँ। नहीं अम्मीजान ये मुमकिन नहीं है बल्कि नामुमकिन है। बिलकुल नामुमकिन। उस देश में तो जाऊँगा ही नहीं और न ही मेरा बेटा क़दम रखेगा उस दुश्मन देश की नापाक ज़मीन पर।"

दुल्हन रानी अमजद अली को ज़ोर-ज़ोर से बोलता सुनकर घबराकर वापस आ गईं और ये सुनकर जो वो बक रहे थे उनसे चुप नहीं रहा गया। आज उनके इकलौते लाड़ले बेटे के जीवन का सवाल था। दुल्हन रानी ने फ़ैसला कर देने के अन्दाज़ में कहा, "मैं ले जाऊँगी अपने बेटे को। ये उसकी ज़िन्दगी का सवाल है। मैं झूठी दुश्मनी और फ़ालतू के ईगो की ख़ातिर अपने बेटे का जीवन नहीं भेंट चढ़ने दूँगी।"

दुल्हन रानी आज तक कभी भी इस तरह नहीं मुख़ातिब हुई थीं। आज तो बेहद रोब व दबदबे के साथ फ़ैसला सुना दिया। ममता जब बोलती है तो उसको बड़े-बड़े देवी-देवता भी नहीं रोक पाते। ममता पानी का वो रेला है अगर तूफ़ान बन जाए तो सब कुछ तहस-नहस हो जाता है। अगर यही ममता प्यार की ज्वाला उज्ज्वलित कर दे तो सूरज की किरणें भी ठंडी पड़ जाती हैं।

दुल्हन रानी फ़ैसला सुना चुकी थीं और अब सब चुप बैठे हुए थे।

आज तो पप्पू ने भी मुँह खोला, "अब्बूजी आप मुझे मर जाने देना चाहते हैं?"

बाप काँप गया "नहीं बेटा, हरगिज़ नहीं।" ये कहकर पप्पू को ज़ोर से सीने से चिपका लिया।

तो फिर अब इन्तज़ार किस बात का है कार्यवाही शुरू करो। मालूमात हासिल करो, फ़ोन लगाओ डॉक्टरों को, उनसे बातचीत करो कि उस देश के किस शहर में जिगर की बीमारी का अच्छा इलाज हो सकता है। और हाँ, कहाँ सस्ता भी पड़ेगा। आजकल वहाँ का मौसम भी अच्छा होगा। भई हमारे ज़माने में तो गुलाबी जाड़ों में मज़ा आ जाता था। सरसों फूट रही होती थी पीले-पीले फूल सारे जग को चमका देते थे। मटर के फूल भी लाजवाब होते थे। हरे-हरे पत्तों में सफ़ेद-सफ़ेद नाज़ुक से फूल और वहाँ की मटर भी किस क़दर लज़ीज़ होती थी, मीठी और ख़ुशबूदार। गदराए अमरूद हम सब दरख़्तों से ही तोड़कर खाया करते थे। दरिया का पानी उतर जाता था पर गुलाबी जाड़ों की चाँदनी कितनी सुहानी होती थी। हम लड़कियाँ सारी-सारी रात चमन में बैठे गाने गा रहे होते। आज अम्मीजान जैसे अपने अतीत में डूब जाना चाहती थीं।

दुल्हन रानी के फ़ैसले के बाद से अमजद अली ख़ान ख़ामोश हो गए थे और अम्मीजान बोल रही थीं। शायद खो गई थीं अपनी जवानी की मीठी यादों में। बँटवारे में आई हुई हर जवान लड़की अपना रोमांस वापस अपनी जन्मभूमि में ही ढूँढ़ पाती है। वहीं महसूस कर पाती है अपने सुनहरे दिन। बला से सपनों ही में क्यों न हो। न जाने कब से इस चिंगारी को दबाए-दबाए आज अम्मीजान की

हिम्मत हो गई थी अपने नशीले अतीत के नशे में डूब जाने की। आज दादी-पोते ने मिलकर सरदार अमजद अली ख़ान को ख़ामोश कर दिया था।

वो गर्दन झुकाए बैठा हुआ था। ज़मीन को घूरे जा रहा था। जैसे कोई खोई हुइ क़ीमती चीज़ ढूँढ़ रहा हो।

"अब्बूजी, मुझे ले चलिए मैं जल्दी से खेलना, दौड़ना, भागना चाहता हूँ।"

सर झुकाए ज़मीन को पैर के अँगूठे से कुरेदते हुए अमजद अली ख़ान किसी गहरी सोच में डूबा हुआ था।

उसने सोचा ही नहीं था कि जिन बेगुनाहों का ख़ून करके, उनके बच्चों को यतीम करके, उनकी औरतों को बेसहारा कर देना चाहता था आज उन्हीं के सामने हाथ फैलाने जा रहा है, बेटे के जीवन की भीख माँगने।

अभी वीज़ा लेने की समस्या से भी जूझना था। अमजद अली को तो वीज़ा मिलना असम्भव सा ही लगता था मगर समस्या यह थी कि किसी पुरुष के बिना केवल महिलाएँ एक इतने बीमार बच्चे को लेकर अकेली जा भी नहीं सकती थीं। अम्मीजान चिन्तित थीं कि कहीं अमजद अली एक और नाटक न खड़ा कर दे कि उसे वीज़ा ऑफ़िस नहीं जाना है। पर वो तो सवेरे चार बजे अँधेरे में बासी मुँह ही जाकर लाइन में लग गया था। आज वो बेटे के कारण भारत का वीज़ा लेने वाली लाइन में लगा हुआ है, प्रार्थना कर रहा है वीज़ा मिल जाने की। और गुज़रे हुए कल, रात के अँधेरे में बिना वीज़ा लिये अन्दर घुस गया था और चार को मौत के घाट उतार आया था। अपने को माफ़ कर देता था ये समझाकर कि उधर वालों ने भी हमारे जवानों का भी तो सर धड़ से अलग करके बिना सर की लाशें भेज दी थीं। तभी तो हमारा ख़ून खौल गया था। हमारे भीतर इन्तक़ाम की ज्वाला भड़क उठी थी। हमने भी बेसर की लाशें भेज दी थीं। बिलकुल वैसे ही जैसे उन्होंने भेजी थीं।

आज तक ये नहीं मालूम हो पाता है कि अपनी-अपनी ज़िदें पूरी करने के लिए क्यों ग़रीबों के गले कटवा दिये जाते हैं। ये बेचारे जवान बच्चे जो फ़ौज

में भरती होते हैं अपने परिवार की भूख मिटाने, उनके तन को ढाँकने, उनको चार अक्षर पढ़ जाने के लिए, जीवन के पथ पर आगे बढ़ते हुए उन जवानों के पदचिह्न दिखाई तो देते हैं पर वापस आते नहीं नज़र आते। सारी इच्छाएँ, सारे अरमान दिल के दिल में लिये शहीद कर दिये जाते हैं। बच्चे अनाथ हो जाते हैं। पत्नियों के हाथों की चूड़ियाँ तोड़ दी जाती हैं उनके अरमानों का गला घोंट दिया जाता है सफ़ेद कपड़े शरीर पर लपेट दिये जाते हैं और विधवा का पर्चा काट दिया जाता है। माँएँ रो-रोकर आँखों की रोशनी खो देती हैं उनके सारे सपने अधूरे रह जाते हैं। चन्द लाख रुपये उनके जीवन की क़ीमत उनके घरवालों को दे दी जाती है और फिर पलटकर नहीं देखा जाता कि परिवार किस नरक में पहुँच गया है।

आज लाइन में लगे-लगे अमजद अली सोचे जा रहा था कि फ़ॉर्म कैसे माँगेगा। लाइन धीरे-धीरे आगे को बढ़ती जा रही थी। दिल की रफ़्तार लाइन से बहुत तेज़ चल रही थी। हिम्मत पस्त होती जा रही थी। फ़ॉर्म लेते हुए उसके हाथ काँप रहे थे। गले में थूक फँस गया था। कुछ कहे बिना फ़ॉर्म अधिकारी के हाथ से झपट लिया और उसको गोल लपेटकर बन्दूक़ की नली की तरह बना लिया और एक आँख पर रखकर दूसरी आँख बन्द कर ली कि जैसे निशाना लेने जा रहा हो। फिर आप ही चौंककर घबरा गया और चारों ओर चोरों की तरह ताकने लगा, फिर तेज़-तेज़ क़दम उठाता हुआ घर की ओर भागा और फ़ौरन ही फ़ॉर्म भरने बैठ गया। जो कुछ जानकारी माँगी गई थी वो सब भरने के बाद वीज़ा मिलना तो असम्भव लगता था। पर उसके भारत जाने का कारण इतना भावात्मक था कि देर तो लगी पर एक एन.जी.ओ. की सहायता से वीज़ा मिल गया।

अमजद अली ख़ान समझ नहीं पा रहा था कि वीज़ा मिल कैसे गया। हो सकता है हिन्दुस्तानी डॉक्टर के पत्र के कारण मिला हो। उस पत्र में तो मेरे इस पेशे का ज़िक्र भी नहीं किया गया है। ये हिन्दुस्तानी किस मिट्टी के बने होते हैं

जो मुझ जैसे घटिया सैनिक को अपने देश में आने दे रहे हैं।

आज घर में पप्पू के बीमार पीले चेहरे पर भी पीली सी मुस्कान फैल गई। "अब्बूजी अब मैं ठीक हो जाऊँगा न दादी अम्माँ के घर जाकर?"

अमजद अली ख़ान चौंक गया पप्पू के मुँह से उस देश का ज़िक्र सुनकर। "हाँ बेटे, दुआ करो कि तुम्हारे लिए नए जिगर का इन्तज़ाम हो जाए।" एक सेकंड के लिए अमजद अली ये सोचकर काँप गया कि निन्यानबे प्रतिशत जिगर तो किसी हिन्दू ही का हो सकता है। और जो ख़ून चढ़ाया जाएगा वो भी किसी हिन्दू का ही होगा। नामालूम ज़ात क्या होगी!!

दुल्हन रानी जाने की तैयारी कर चुकी थीं। वो अपना काम ख़ामोशी से कर लिया करतीं। अम्मीजान पोते के लिए परेशान थीं पर अकेले छूट जाने के लिए और अधिक घबरा रही थीं। पैसे ख़र्च होने का भी कारण था। अपनी दुल्हन रानी को भी ऐसे गम्भीर समय में रुकने को नहीं कह सकती थीं। अमजद अली ख़ान इस क़ाबिल नहीं थे कि उनसे अकेले जाने की आशा की जा सकती। दुल्हन रानी ने ये फ़ैसला भी कर दिया कि अम्मीजान हमारे साथ चलेंगी। उनको भी अपना घर याद आता है।

अमजद अली ख़ान तो भौचक्के रह गए अपनी माँ की धरती पर पहला क़दम रखते ही उनको महसूस हुआ जैसे बातचीत करने के संस्कार कुछ अलग से हैं। आम तौर से एक नरमाहट-सी थी सबके रवैये में। वहाँ कोई किसी का नाम बिना 'जी' लगाए नहीं ले रहा था। पहले तो फ़ौजी जवान को ये बात समझ नहीं आई। वो समझे थे कि शायद ये परिवार का नाम है पर सबका एक ही नाम? उस समय चौंके जब उनको भी आवाज़ दी गई 'अमजद अली ख़ान जी'।

अमजद अली ख़ान भयभीत थे कि कहीं टैक्सी वाला निचोड़ न ले। पर टैक्सी तो अस्पताल की ओर से भेजी गई थी या ख़ुदा ये माजरा क्या है। ये 'प्रीपेड' टैक्सी चाहे तो पैसे माँग ले पर इसने तो आप ही बता दिया कि किराये की चिन्ता न करें अस्पताल पैसे देगा। ये सब देखने में तो हमारी ही शक्ल-सूरत

के हैं एक ही सा रंग। आँख-कान-नाक-बाल-जिस्म सब एक-सा। पर मिज़ाज क्यों इतना अलग? अब अमजद अली ख़ान से चुप नहीं रहा गया। अम्मीजान से पूछ ही लिया कि ये इतने ठंडे मिज़ाज के क्यों हैं?

अम्मीजान तो अपने अतीत में डोल रही थीं, बहती चली जा रही थीं। खो गई थीं उन मधुर यादों में। शान्त और ठंडी लहरें उनको कहीं से कहीं बहाये लिये चली जा रही थीं। हवा का एक हल्का सा झोंका उनके चाँदी जैसे बालों को छेड़ जाता तो अम्मीजान मुस्करा देतीं। उनके साथ तमाम कायनात झूम उठती। हर ओर से क़हक़हे और बादामी लम्बी-लम्बी पलकों वाली आँखें गुदगुदाने लगतीं। अपने घर जो आ गई थीं।

अमजद अली की आवाज़ पर अम्मीजान चौंक गईं। कुछ शरमा भी गईं कि कहीं बेटे को अन्दाज़ा न हो जाए कि वो किन ख़यालों में गुम थीं। उनका सब कुछ तो यहीं रह गया था। जो कपड़े पहने थीं उसी में ले जाई गई थीं। विनती करती रहीं मुझे न ले जाओ। यहाँ इतने लोग हैं मैं भी रह लूँगी पर कौन सुनता था किसी की आवाज़। एक ही धुन थी सबको। अपने घर जाने की। इनसे कोई बताए कि ये मूर्ख अपना घर तो छोड़कर जा रहे थे, मिनटों में अपने पराये हो गए। लोहे की सलाखों से सीमाएँ बाँध दी गईं। एक-दूसरे से नफ़रत का बढ़ावा दिया जाने लगा। जो जितनी नफ़रत करता जितनी अधिक गालियाँ देता वो उतना ही बड़ा देश भक्त समझा जाता।

घरों में बैठे काम कम बातें ज़्यादा होतीं। पैर पर पैर चढ़ाकर चार लोग बैठ जाते, हाथों से पैरों की उँगलियों में कंघी करने लगते। पैरों से उठती कुगंध से वातावरण कुगंधी हो जाता। वाद-विवाद गरम होने लगता आवाज़ें भी तेज़ होने लगतीं। बहस जितनी तेज़ होती उतनी ही तेज़ी से पैरों की उँगलियाँ मरोड़ी जातीं। कुत्ते-बिल्ली की लड़ाई छिड़ जाती ध्वनियाँ चारों ओर फैलने लगतीं। इस नये अपनाए हुए देश में आए भी बरसों बीत गए पर आज भी एक समूचा देश टूट जाने पर बहस होती रहती है। हल कुछ नहीं निकलता। खाना निकल

जाता है तो खाने पर बैठकर पीछे छोड़कर आए घर और खाने की चीज़ों को याद करते-करते सोने का समय हो जाता और कुछ घंटों के लिए आकाशवाणी विश्राम को बन्द हो जाता। जल्दी ही खुल जाने के लिए।

"हाँ बेटे, मैं भी तो यही समझाती रही हूँ कि कोई फ़रक़ नहीं हम सबमें। सच पूछो तो हम सब एक ही संसार के रहने वाले हैं, एक ही जगह से आए हैं। जाना भी एक ही जगह है। हमारा खाना-पीना, उठना-बैठना सब एक-सा है। नामालूम कौन लोग हैं जो हमको एक-दूसरे से प्यार नहीं करने देते। हमारे बीच घृणा के बीज बोते और नफ़रत की खेती काटते रहते हैं। अगर रहने वालों के स्वभाव ठंडे, नरम और शान्त हों तो धरती माता भी उस प्रेम को समझती और ठंडी रहती है।

पप्पू भी यहाँ आकर खुल गया था, अपने घर में तो चुप पड़ा कराहता रहता था।

हवाई अड्डे पर जो टैक्सी आई थी उसके ड्राइवर साफ़ा पहने दाढ़ी में सरदार जी को देखते ही पप्पू ने ज़ोर से कहा, "अस्सलाम अलैकुम मौलाना।"

"वालैकुम अस्सलाम पुत्तरा। तुसी पाकिस्तान से आए हो?" "असी भी लाहौर दे हैं।"

अमजद अली ख़ान हिल गया कि अब क्या होगा। पप्पू ने ये क्या हिमाक़त की। हम सबको मरवा दिया। टैक्सी वाले को मालूम हो गया कि हम मुसलमान हैं और पड़ोसी देश से आए हैं। दुल्हन रानी तो मैके आ गई थीं ख़ामोशी से ख़ुश हुए जा रही थीं अकेले-अकेले। अम्मीजान भी ख़ामोश थीं। जैसे ख़ुशी के हर क्षण को अपने भीतर समा लेना चाहती हों। ये भी डर था कि कहीं अमजद अली ख़ान इन सास-बहू की ख़ुशियों की दिल में उठती हलचल को भाँप न जाए।

ट्रैफ़िक बहुत था। गाड़ी धीरे-धीरे चल रही थी। चौड़ी-चौड़ी सड़कें, ऊँचे-ऊँचे पुराने दरख़्त जो अम्मीजान के ज़माने में बच्चे थे आज वो भी जवान हो गए थे।

मोटरें, बसें, स्कूटर्स और रिक्शे सभी रेस में लगे हुए थे। अमजद अली ख़ान एकटक बाहर ही झाँके जा रहा था। दुल्हन रानी का मन किया सड़क के किनारे ठेले पर बिकती पाव-भाजी खाने का पर डॉक्टर ने सख़्ती से मना किया था कि कोई भी सड़क पर बिकता खाना न खाए। जिगर में इन्फेक्शन ही तो होकर इतनी भयंकर बीमारी लगी है पप्पू को।

अमजद अली गाड़ी में बैठा सोचे जा रहा था कि मैं मुसलमान हूँ पड़ोसी देश से आया हूँ कोई मुझे शक की नज़रों से देख ही नहीं रहा है। कहीं ये लोग मुझे ख़ुदा-न-ख़्वास्ता हिन्दू तो नहीं समझ रहे हैं। मैं तो सोच रहा था यहाँ हिन्दुओं के बाल उस्तरा फिरे होंगे और पीछे चुरकी लटक रही होगी किसी-किसी में तो गाँठ भी लगी होगी। मगर ये कैसे हो गया हम सब एक ही से लगने लगे। उसके मन में हज़ारों प्रश्न डूबते और उभरते रहे। वो ख़ुद जैसे आकाश में उड़ रहा था। वहाँ से नीचे देख रहा था।

"आ गए आप लोग, आइए तशरीफ़ लाइए।" इस बार अम्मीजान और दुल्हन रानी भी चौंक गईं।

"मैं डॉक्टर सिंह हूँ।"

हड़बड़ा गईं दोनों। "इतनी अच्छी उर्दू बोलते हैं आप!"

"ये उर्दू तो नहीं है। हिन्दुस्तानी भाषा है। यहाँ हम सब एक आकाश तले रहते हैं एक ही सा खाते-पीते, पहनते-ओढ़ते, और एक ही भाषा बोलते हैं।"

डॉक्टर प्यार से बात करता जाता और पप्पू से उसकी बीमारी के बारे में मालूम करता जाता। माँ-बाप ने आज पहली बार पप्पू को बड़ों की तरह अपनी बीमारी के बारे में बताते सुना था। पूरी जाँच के बाद डॉक्टर ने बताया कि बच्चे का आधा जिगर ख़त्म हो चुका है। इसलिए आधा ही ट्रांसप्लांट करने से बच्चे का जीवन सँभल जाएगा। डॉक्टर पप्पू से ख़ूब बातें करता रहा। जब जिगर का पूरा चेकअप हो गया तब पप्पू से डॉक्टर ने बताया कि वो किस बीमारी का डॉक्टर है। आज पप्पू की आँखों में सितारे जगमगाते दिखाई देने लगे थे। उसको

भी अपने जीवन में ठंडी दूधिया चाँदनी फैली दिखाई देने लगी। डॉक्टर ने पप्पू को ख़ून के टेस्ट, अल्ट्रासाउंड, एम.आर.आई. वग़ैरह के लिए भेज दिया था।

आख़िर अमजद अली ने पूछ ही लिया कि आधा जिगर आएगा कहाँ से? "अच्छे और समझदार लोग अपनी विल में लिख देते हैं कि मरने के बाद अगर मेरा कोई अंग किसी और के काम आ जाएगा तो मेरी आत्मा चैन से रहेगी।"

या अल्लाह कैसे-कैसे लोग होते हैं। इतने बहादुर, इतने अज़ीम, इतने रहमदिल, अमजद अली का जी व्याकुल हो उठा। आँखें भर आईं। उसको नहीं समझ आया कि वो इतना भावुक क्यों हो गया। कभी-कभी जब मंज़िल निकट आती नज़र आती है तो इनसान अन्दरूनी ख़ुशी को बर्दाश्त करने के लिए आँसुओं का सहारा लेता है। ख़ुशी के आँसू, ग़म के आँसू, शर्मिंदगी के आँसू। ये आँसू भीतर की गंदी मैल को धो देते हैं। भीतर सड़ते हुए पश्चात्ताप के दर्द को भीतर से बाहर निकाल देते हैं और जानवर से इनसान बनाने में सहायता देते हैं।

अमजद अली भावुक हुए जाता था यहाँ के लोगों का व्यवहार महसूस कर- करके। कुछ गिरने की आवाज़ सुनकर चौंक जाता, सतर्क हो जाता फिर आप ही शर्मिंदा हो जाता। पश्चात्ताप नींदें हराम कर देता है, घुन की तरह चाटने लगता है। अमजद अली के भीतर पश्चात्ताप के अतिरिक्त और कुछ था ही नहीं। सोचता, मैं इन प्यारो-प्रेम के व्यवहारों का क़र्ज़ा कैसे उतारूँगा।

डॉक्टर सिंह भी इस परिवार के पास दो-तीन बार आता सरहद के उस पार बसे बिछड़े हुए परिवारों के बारे में बातें करता वहाँ के गली-कूचे, खेत-खलियानों के बारे में पूछता उस चौड़ी हरे-हरे दरख़्तों की लाइन वाली सड़क, उस पर वो सफ़ेद घर के बारे में भी जानना चाहता जहाँ जल्दी में भयंकर हमले के ख़ौफ़ से उसकी नानी अम्माँ छूट गई थीं। काश वो इतना बड़ा होता कि उनको गोद में उठाकर भाग पाता। डॉक्टर सिंह ये सब बहुत हल्की आवाज़ में बिना ग़ुस्सा किए कहता और चुप हो जाता। गहरी साँस लेकर बोलता, 'काश हम सब साथ ही रह रहे होते, एक ही होते, पप्पू जी को जो जिगर लगाया है वो मेरे परिवार

के बच्चे ही का है। मैंने सोचा, इस बच्चे की पूरी हिस्ट्री मैं जानता हूँ। पप्पू जी से बेहतर और कौन हो सकता है जिसे मैं अपने परिवार के बच्चे का जिगर दे सकता, वो अपना बच्चा था ये अपने देश का बच्चा है।'

वो सुनसान डोरी फिर से कपड़ों से आबाद हो गई। मोगरे के फूलों की ख़ुशबू चारों ओर फैलने लगी, हवा ने उस ख़ुशबू को अपनी झोली में भरकर ख़ुशी से झूम-झूमकर नाचना शुरू कर दिया। वापस आकर अम्मीजान ने भी गजरा पहनना शुरू कर दिया। दुपट्टा भी धनक के रंगों में रँगा जाने लगा।

ख़ूबसूरत यादें लेकर अम्मी, अमजद, पप्पू और बहूरानी वापिस अपने मुल्क, अपने शहर पहुँच गए। पप्पू के चेहरे की रंगत और सेहत दोनों बेहतर हैं। आज अमजद को कोई शिकायत नहीं कि उसके बेटे के जिस्म में हिन्दू जिगर या ख़ून प्रवाह कर रहा है।

दुल्हन रानी अमजद को चोरी-चोरी देखे जातीं, कानों में फूलों की बालियाँ पहनकर हल्के भूरे बालों की मोटी सी चोटी आगे को डाल लेतीं। पास खड़ी होकर अम्मीजान से नज़रें बचाकर चुपके से अमजद के बालों में उँगलियाँ फेर देतीं।

'अम्मीजान देख रही हैं...' अमजद डराने को कहते और फिर दुल्हन रानी का चौंक जाना देखकर ज़ोर से हँसते...।

अम्मीजान ने पूछ लिया, "क्या बात है बेटे! अब ये बताओ कब तलक बैठे हँसते रहोगे? काम-वाम पर जाने का इरादा नहीं है क्या?"

नहीं अम्मीजान, अब उस काम पर वापिस जाने का कोई इरादा नहीं। अब ज़िन्दगी का एक ही मक़सद हो सकता है। अब मैं दुनिया को आपकी निगाह से देखना चाहता हूँ, दोनों आसमानों के रंग एक ही हैं।

दस्तक

दरख़्तों के पत्तों ने जैसे साँस लेना रोक दिया था।

दरख़्तों पर बैठी चिड़ियों का दम घुटा जा रहा था। बादल जो उड़-उड़कर हवा से अठखेलियाँ कर रहे थे वो भी एक जगह जमकर रह गए थे। दम-बख़ुद, बादलों का रंग सफ़ेद से सुरमई और सुरमई से गहरा सुरमई होता जा रहा था। उस स्तब्ध-चकित वातावरण में अचानक बादलों की गड़गड़ाहट और बिजली की कड़क आँखें और कान बन्द कर लेने पर मजबूर कर रही थी। शायद पूरा माहौल क्रोधित था।

क्रोधित तो माँएँ थीं पर चुप बैठीं अपने औरत होने का रोना घुट-घुटकर अन्दर ही अन्दर रोए जा रही थीं। हिचकियाँ आती थीं पर उन हिचकियों का गला भी घोंट देती थीं। ये आदेश था कि घर की औरतों की रोने और हँसने की आवाज़ बाहर के मर्दों को सुनाई नहीं देनी चाहिए मज़हब के ख़िलाफ़ है।

आज सारा परिवार पंचों का फ़ैसला सुनने एक ही छत के नीचे जमा हो गया था। औरतें गरदन सीने में धँसाए ज़मीन को एकटक घूरते, अनजाने में चुपके-चुपके पैर के अँगूठे से ज़मीन कुरेदे जा रही थीं। विनती किए जा रही थीं, "हे मेरे मालिक दया कर, रहम कर, करम कर मेरे मौला। क्या करे वो बेचारा ऊपर वाला भी मजबूर सा लगने लगा है। परवरदिगार तो वो माँ है जो

हर ज़िद पूरी कर देता है और ग़लती भी माफ़ कर देता है इस आशा में कि शायद यह अन्तिम ग़लती होगी। अन्तिम तो उस समय होगी जब कोई यह माने कि इसको ग़लती कहते हैं!

पंचों को पंचायत लगाना तो आता है पर ये भूल जाते हैं कि फ़ैसला इनसानियत के दायरे में रहकर करना होता है—जहाँ हवस होती है, लालच का राज होता है, सख़्ती और ज़ुल्म बड़ेपन की निशानी होती है। वहाँ आज फिर पंचों ने औरतों को जानवर से भी बदतर और मर्दों को उनका मालिक का रुतबा देते हुए फ़ैसला सुना दिया था। ऐसा फ़ैसला सुनाते हुए जैसे उनकी अपनी राल टपक रही थी, काश! इस फ़ैसले का फ़ायदा हम उठा सकते। काश! हमारे बेटे ने कोर्ट में विवाह किया होता। काश ये हो जाता और काश वो हो जाता। सोचते जाते और हाथ मलते जाते कि ये अधखिली कलियाँ काश हमारे हिस्से में आ जातीं। चलो कोई बात नहीं एक बार की जूठी भी चलेंगी।

आज वो सरपंच बना बैठा उन अधखिली कलियों को हासिल करने की उधेड़बुन में लगा हुआ था जिसको गाँव वाले अल्लाह का नुमाइन्दा मानते हैं। जिस पर पूरा भरोसा करके सरपंच की गद्दी पर विराजमान करवाकर अपनी ज़िन्दगी के फ़ैसले उसके हवाले कर देते हैं। उनकी लम्बी ज़िन्दगी के लिए अल्लाह से दुआ करते हैं और पूरे मान से अपने भाग्य को उनकी झोली में डाल देते हैं कि सरपंच जी तो हमारे माई-बाप हैं हमारे लिए अपनी जान भी दे देंगे। पर हमको दुखी नहीं होने देंगे कभी भी ग़लत फ़ैसला नहीं सुनाएँगे।

पर आज ये हो क्या गया! ऐसा हो कैसे सकता है!

एक कोने में घुसी बैठी दो मासूम प्यारी-प्यारी बच्चियाँ भौचक्की सी समझ नहीं पा रही हैं कि 'वानी' किस बला को कहते हैं। बार-बार सबके होंठों पर एक ही बात थी। इतनी छोटी बच्चियों पर वानी का क़ानून नहीं लागू किया जा सकता। हम ऐसा नहीं होने देंगी। पंचायत को अपना फ़ैसला बदलना होगा बच्चियाँ बैठी अपने नाम भी बार-बार सुन रही थीं। एक-दूसरे को चुपके से देख लेतीं और

ख़ामोश बैठी रहतीं उनको ये अन्दाज़ा हो गया था कि बात है कोई गड़बड़ है जो उनको आज घर में रहने को कहा गया है। वरना वो तो तितली बनी तितलियों के पीछे अपने छोटे-छोटे मुन्ने-मुन्ने पैरों से भागती रहतीं!

तुम्हारे परिवार के एक फ़र्द ने ग़लती की है तो सज़ा भी तुम सबको ही भुगतनी होगी। सरपंच जी ने पेशानी पर बल डालते हुए ग़ुस्से में रिदा के अब्बूजी से कहा। वो मरदूद तो न जाने कहाँ जाकर मरे हैं कि पुलिस भी हार गई है ढूँढ़-ढूँढ़कर। रिदा के अब्बू लम्बे-चौड़े बड़ी-बड़ी मूँछों समेत सरपंच जी के पैरों पर गिर पड़े। आँसुओं से मूँछें गीली होकर नीचे को झुक गईं। सरपंच को अपना पैर भी गीला होता महसूस हुआ। पर वो पत्थर की दीवार बना खड़ा रहा।

बाप ने रहम की भीख माँगी। दुहाई दी अपनी बच्ची और अपने मरे हुए भाई की बच्ची जो रिदा के साथ ही पली-बढ़ी थी। उन पर ऐसा ज़ुल्म न किया जाए। अभी उनकी उम्र ही क्या है। उनका क़ुसूर क्या है! कच्ची उमरें हैं, खेलने-खाने के दिन हैं उनके। दस-ग्यारह वर्ष की लड़कियाँ तो फूलों से लदी ऐसी डाली होती हैं जो कि हवा के एक हल्के से झोंके से लचक के झूम-झूम जाती है। उनकी ख़ुशबू पूरे माहौल को सुगंधित कर देती है। ये नन्ही-मुन्नी सी बच्चियाँ जब घर के बाहर आँख-मिचौली खेल रही होती हैं तो कभी-कभी सरपंच जी को आता देखकर उनकी ओर तेज़ी से दौड़कर पहुँच जातीं उनके पैर छूकर एक-दूसरे पर रोब जमातीं कि पहले मैंने पैर छुआ दूसरी कहती मैं छूने वाली थी तूने मुझे धक्का दे दिया। फिर मामला सरपंच जी की कचहरी में जाता।

"सरपंच बाबा, आप बताइए कि पहले कौन पहुँचा था?"

"किसने पहले पैर छुए थे?" दूसरी भला क्यों पीछे रहती।

दोनों के सिरों पर हाथ फेरते हुए सरपंच जी कहते, "मेरे दो पैर हैं तुम दोनों ने साथ ही छुआ था।"

रिदा सोचती सरपंच जी बेईमानी कर रहे हैं रीमा तो मुझसे कितने पीछे थी

तो उनको मेरे साथ क्यों दिखाई पड़ रही है? वो सोचती रीमा तो मेरे जितना तेज़ भाग भी नहीं सकती मैं ग्यारह वर्ष की हूँ और रीमा केवल नौ वर्ष की। वो दोनों थोड़ी दूर तक सरपंच जी के हाथ पकड़े उनके साथ-साथ चलतीं और फिर जैसे ही ढलान नज़र आती दोनों हाथ छोड़कर ढाल पर लेटकर गोल-गोल लुढ़कती हुई सरपंच जी से बहुत दूर निकल जातीं।

अगर कभी रास्ते में पत्थर या गढ़ा आ जाता तो चिल्लातीं सरपंच बाबा बचाइए-बचाइए कहती हुई किसी तरह अपने को आप ही बचा लेतीं और खिलखिलाती हुई खड़ी हो जातीं उलझे हुए बालों में घास के तिनके फँसे हुए, मुँह पर मिट्‌टी के दाग़ लगे हुए, उठतीं और एक-दूसरे को दौड़ाती, पकड़ती, हँसती-गुनगुनाती, उछलती-कूदती हुई अपने घर की ओर भाग जातीं। सरपंच जी का जी भारी हो जाता उनको अपनी नवासी याद आने लगती वो भी आज इतनी ही बड़ी होती जैसे रीमा। कैसे डेंगू बुख़ार में देखते ही देखते चली गई। सरपंच जी का जी घबराने लगता इन बच्चियों को देखकर। अपनी नीली बहुत याद आती। कलेजा मसोसने लगता। सरपंच जी उन बच्चियों को दूर तक देखते रहते जब तक वे आँखों से ओझल न हो जातीं।

घर में आज फिर वही मातम जैसा माहौल था। सभी सिर जोड़े बैठे थे। कोई उपाय समझ में नहीं आ रहा था। औरतें खाना पकाना भूल गई थीं मर्द खाना खाना भूले हुए थे। किसी को भी अपना होश नहीं था। बच्चे बेचारे बड़ों को परेशान देखकर चुप तो थे पर भूख से बेहाल भी थे। बासी-तिवासी खाना, सूखी रोटियाँ खा-खाकर पेट भर रहे थे।

आज सबको एहसास हो रहा था अगर लड़के-लड़की ने अपनी पसन्द से चुपके से शादी कर ली है तो इसमें हरज क्या है—आख़िर वे बालिग हैं उनको इजाज़त है अपनी मरज़ी से शादी कर लेने की। मज़हब में तो नहीं मना है। जो दुख खाए जा रहा था वो था ख़ानदान से बाहर शादी कर लेने का। मुसलमान तो दोनों ख़ानदान हैं पर ज़ातें अलग हैं। लड़की वालों को ये ग़म घुन की तरह

चाटे जा रहा था कि हमारी लड़की ने नाक कटवा दी है। भला उसकी हिम्मत कैस हुई अपने से नीची ज़ात वालों के यहाँ शादी कर लेने की। अवश्य लड़के ने भड़काया होगा। वरना हमारी लड़की तो समझदार थी।

कभी वो लोग सोचते उन्होंने बचपन ही में उसकी शादी क़ुरान-शरीफ़ ही से क्यों न कर दी! अगर सिन्धियों के यहाँ का ये रिवाज है तो हम भी तो सिन्ध के बॉर्डर पर ही रहते हैं। हमारा गाँव आधा पंजाब और आधा सिन्ध में है। क़ुरान-शरीफ़ से शादी करके अपनी लड़की अपने ही घर में बूढ़ी हो जाती है और कोई झंझट भी नहीं होता। वो क़ुरान-शरीफ़ की सेवा करके जन्नत में जगह बना लेती है और उसके नाम की जायदाद भी घर की घर ही में रह जाती है।

हाय-हाय! ये क्या हो गया अब हम इस मुसीबत से बाहर कैसे निकलेंगे, लड़के को कहाँ से पकड़कर लाएँ। लड़की के घरवाले बार-बार लड़के की दो बहनों की डिमांड किए जा रहे थे। पंचायत ने भी फ़ैसला उन्हीं के हक़ में कर दिया था। क्योंकि लड़के से छोटे चार भाई और थे। बहन एक ही थी ग्यारह वर्ष की रिदा। भोली-भाली गुड़िया जैसी, पास ही के स्कूल में पढ़ने जाती। उसको बड़े होकर टीचर बनने का शौक़ है। ख़ुद भी पढ़ना चाहती है और पढ़कर गाँव के हर बच्चे तक तालीम की रोशनी पहुँचाना चाहती है।

हालाँकि रीमा से रिदा केवल दो वर्ष बड़ी है पर उसको बिलकुल छोटी सी बच्ची की तरह प्यार करती है। उसके सुनहरे बालों में कंघी कर-करके उसको सजाती-बनाती रहती है। आज भी उसने रीमा को ख़ूब अच्छे-अच्छे कपड़े पहनाकर तैयार किया आप भी रेशमी शलवार-सूट पहनकर तैयार हुई। आज दोनों बहनें पास वाले गाँव में छोटे चाचा के घर मिलने जा रही थीं। दोनों माँओं ने भी लम्बे-लम्बे बुर्क़े पहन लिये और निकलने को तैयार ही हुई थीं कि पंचों में से एक पंच भागते हुए चले आ रहे थे एक पत्र हाथ में लिये हुए।

माँएँ घर में वापस भेज दी गईं बच्चियों के हाथ पकड़े झपाक से दहलीज़

लाँघती पीछे के आँगन में पहुँच गईं पति के हाथ में पत्र देकर सिर पकड़कर एक झिलंगी सी खटिया पर बैठ गईं। दोनों के बोझ से खटिया कुछ और नीचे को झूल गई। देवरानी-जेठानी दोनों एक-दूसरे से सटी हुई बैठी थीं। एक-दूसरे का सहारा बनी हुईं। बुर्क़े में लिपटी हुईं। ये समाचार तो हर ओर हवाओं के साथ-साथ सूखे पत्तों की तरह उड़ता फिर रहा था कि पंचों ने ग़ज़ब का फ़ैसला सुना दिया है। कैसा ज़माना आ गया है भैया। बाप ने अपनी बेटियों के भाग्य का मानपत्र पढ़ा और चकराकर गिरते-गिरते बचा। बैठ गया वो भी सामने ही पड़ी हुई चौकी पर। वो सोच रहा था इतनी मिन्नत-समाजत करने पर, पैर तक पकड़ लेने पर शायद सरपंच जी का दिल पिघल जाए। ये नन्ही-मुन्नी कलियाँ सरपंच जी की गोद में खेली हैं। वो अवश्य ईमानदारी का फ़ैसला सुनाएँगे। पर ऐसा कैसे होता!! सरपंच जी की तो व्याकुलता बढ़ती जा रही थी कि कितनी जल्दी ये लड़कियाँ अपने घर से निकलें और ये बूढ़ा कुत्ता नन्ही-मुन्नी नाज़ुक-सी बिल्लियों को भँभोड़ दे।

दोनों माँएँ एक अन्तिम आशा की किरण के सहारे चलती हुई सरपंच जी की पत्नी के यहाँ पहुँचीं कि उनसे सिफ़ारिश करवाएँ शायद कुछ काम बन जाए। सरपंच की पत्नी तो भरी बैठी थीं कि "अब ऐसा ज़माना आ गया है कि लड़का-लड़की को लेकर भाग गया। अपनी मर्ज़ी का ब्याह रचा लिया। इसी दिन के लिए माँ-बाप जन्म देते हैं! उस हरामखोर को इसका दंड मिलना चाहिए। जैसे वो किसी की इज़्ज़त ले गया है वैसे ही उसको अपनी इज़्ज़त भी देनी पड़ेगी। जब उसकी अपनी बहनें दूसरों के बिस्तर को गरम करेंगी तब होगा एहसास उसे।"

"ऐसा ज़ुल्म न करें आप लोग हमारी छोटी-छोटी गुड़ियों पर। उनका क़ुसूर क्या है? अभी तो उन्होंने अपने जीवन में कुछ देखा ही नहीं वो जीने से पहले ही मार डाली जाएँगी!! रिदा को पढ़ने का शौक़ है टीचर बनना चाहती है!! अपने ही गाँव में पढ़ाना चाहती है।"

"और सुनो, पढ़ा-लिखाकर इसको भी आज़ाद खुल्ली छुट्टी दे देना कि भाग जाए किसी के साथ मर्ज़ी का ब्याह रचाकर!"

"नहीं सरपंच अम्मा, हम ऐसा नहीं होने देंगी। हम आपकी मर्ज़ी से उनका ब्याह करेंगे जब वो सयानी हो जाएँगी। अभी तो बहुत छोटी हैं वे दोनों। उनका तो कोई कसूर भी नहीं है। जुर्म तो भाई ने किया है। सज़ा इन बच्चियों को दी जा रही है। ये किस ज़माने का दस्तूर है! आज तो हम पढ़े-लिखे संसार में जी रहे हैं। इतनी छोटी बच्चियों को वानी की सूली पर क्यों चढ़ाया जा रहा है? औरतें कब तक जानवरों की तरह हँकाई जाती रहेंगी। कब तक मर्दों के पैरों की जूतियाँ बनी रहेंगी। कब तक पैदा होने से पहले मार डाली जाएँगी। हमको इंसाफ़ चाहिए। आप हमारी माँ हैं। आप सरपंच जी से हमारे लिए विनती कीजिए। इन बच्चियों को अंधे कुएँ में गिरने से बचाइए।"

"दोनों माँएँ सरपंच जी की पहली पत्नी के पैर पकड़े गिड़गिड़ा रही थीं और वह एक बेजान खम्भा बनी खड़ी अपने अहम की पूर्ति होने दे रही थीं। कुछ और तन गई थीं। आख़िर सरपंच की पत्नी थीं, कोई मामूली बात तो नहीं है। उनको स्वयं भी तो इस घर में रहना है। अगर सरपंच जी की हाँ में हाँ न मिलाएँगी तो कल को ये भी चुटिया पकड़कर कोई इल्ज़ाम लगाकर गाँव बदर कर दी जाएँगी। आख़िर वो भी तो औरत ही हैं।"

"और हाँ। सुनो। इन लड़कियों को स्कूल से दूर ही रखना। पढ़-लिखकर ही हर बात में मीन-मेख निकालना आ जाता है। सवाल उठने लगते हैं। जवाब माँगा जाता है। औरतों को मना है मर्दों से सवाल करना। पति तो परमात्मा होता है। परमेश्वर होता है, वो जवाब नहीं देता, उससे जवाब-तलब करना भी पाप है।"

दोनों माँओं की हाथों की गिरफ़्त ढीली पड़ गई थी। वो पैर जिन पर वो पड़ी हुई थीं रहम और करम माँग रही थीं वो पैर कब के वहाँ से खिसक चुके थे। वो धरती के विशाल सीने पर पड़ी आँसू बहाए जा रही थीं। धरती माता भी सूखी थीं सारे आँसू जज़्ब हुए जा रहे थे। धरती भी तो माँ ही होती है, मजबूर, ख़ामोश,

रौंदी जाती हुई, ज़ख़्म खाती हुई, रिस्ते ज़ख़्म, बहते ज़ख़्म, सड़ते ज़ख़्म, जवाब में केवल ख़ामोशी सहते रहना और जीवित रहना, मरने की भी इजाज़त नहीं!

तीसरे नम्बर की पत्नी खड़ी सब कुछ सुन रही थीं। उन्हें इन कमज़ोर औरतों पर बेहद दया आ रही थी। वो थोड़ा-बहुत पढ़ी-लिखी भी थीं। क्योंकि वो आप भी सरपंच जी से चालीस वर्ष छोटी थीं तो समझती थीं मर्दों की सोच को। जब उन्होंने घूँघट से झाँककर सरपंच को देखा था तो कितना तड़पी थीं। रुई के गद्दे पर पड़ी लाल गुलाब की पत्तियाँ चुभने लगी थीं और रुई का गद्दा पत्थर बनकर ज़ख़्मी कर रहा था। जी चाह रहा था कि पंख लग जाएँ और चुपके से उड़ जाएँ इससे पहले कि सरपंच उनको हाथ लगाए। पर ऐसा न हो सका। वही हुआ जो बेबस लड़कियों के साथ होता आया है। पहली दोनों पत्नियों से काफ़ी छोटी होने के नाते सरपंच से नख़रे भी उठवा लेती थीं। आज भी सरपंच जब आधी रात को झूमते हुए घर में आए तो छोटी ने लपककर बाज़ू से पकड़कर अपने शरीर के स्पर्श से सरपंच को पागल कर दिया। वो भूखे कुत्ते की भाँति हड्डी के पीछे-पीछे चलता चला गया। मझली बहुत झुलसीं, आज उनकी बारी थी।

छोटी ने सरपंच पर जादू चला दिया था आज! उसको समझाया कि इतनी छोटी बच्चियों को क्यों मौत के कुएँ में ढकेल रहे हैं। सरपंच का नशा उतर चुका था जानवर से थोड़ा-बहुत इनसान बन चुका था। सोचने लगा था। छोटी को खींचकर गोद में लिटाकर उसके शरीर के हर कोने पर झाड़ू फेरता रहा, दुलार करता रहा!

दोनों बेटियाँ परेशान अपनी माँओं की राह तक रही थीं। अब्बूजान आँगन में टहले जा रहे थे। कभी-कभी क़मीज़ के दामन से आँसू ख़ुश्क कर लेते। सबसे मुँह फेरकर। छुपाकर। मर्द रोया नहीं करते। उनको तो रुलाना होता है। पर आज, ये क्या हो गया कि अब्बूजान भी रो रहे हैं और वो भी लड़कियों के लिए! मर्द औरतों के लिए रोया नहीं करते। उनको क़ाबू में रखते हैं, दबाकर।

रिदा की मासूम सोच इतना सोच सकती थी क्योंकि वो स्कूल जाती थी,

टीचर बनना चाहती थी। ज़ेहन के खाने खुल रहे थे। पढ़ाई इसीलिए मना है कि ज़ेहन खुलने न पाए।

पर आज रिदा सब कुछ समझ रही थी। एकाएक रो पड़ी, माँ से लिपट गई, "माँ मैं नहीं जाणा है, नहीं माँ मैं नहीं जाणा, तुसी बोलो न माँ। तुसी बोलदे क्यों नहीं, मैनूँ अपणे तो अलग तां नहीं कर देवोगे?"

"अरे, तू तो मेरी आँखों की रोशनी है! भला कोई अपणी रोशनी को अलग कर सकदा है। नहीं मेरी बच्ची मैं अपणी जान दे दूँगी पर तुझे अलग नहीं होने दूँगी। मैं किसी की परवाह नहीं करदी। तेरे लिए तो मैं जान ले वी सकदी हाँ।"

"तो माँ, तू अपणी रोशनी को अपणी आँखों में बन्द कर ले। तेरी दो आँखें हैं न, एक में मुझे और दूसरी में बहन को छिपा ले।"

माँ ने दोनों को अपनी ओर खींचकर ज़ोर से अपने सीने से भींच लिया ऊपर से अपना चौड़ा मोटा सा दुपट्टा डालकर जैसे सारे संसार से छुपा लिया था। रीमा की सहमी-सहमी साँसें दुपट्टे के ऊपर से सुनाई दे रही थीं। उसके शरीर का कम्पन साफ़ महसूस हो रहा था।

सारी रात सब जागते रहे थे, दोनों बच्चियाँ जहाँ बैठी थीं वहीं लुढ़क गई थीं। बचपन की टूटकर आती हुई नींद, आँखें बन्द थीं कँवल की मुलायम पत्तियों की मानिंद अधखिली पुरसुकून। होंठों पर हल्की सी मुस्कराहट। बाल बिखरे हुए मुँह पर हल्का सा जाल बुने हुए उसमें से दोनों का गुलाबी रंग झाँकता हुआ उनको कोई ख़बर नहीं की अब्बूजान ने उनकी क़िस्मत का क्या फ़ैसला कर लिया है।

दूसरा दिन आने वाला था। सूर्य देवता धरती की गोद से उभर रहे थे। चारों ओर लाली फैली हुई थी। वो माँ की गोद से निकलकर ऊपर को चढ़ रहे थे। हाँ! माँ की गोद से। धरती उनकी भी माँ होती है। पर थोड़ी ही देर में सूर्य देवता ऊपर को चढ़ते गए और माँ यहाँ भी पीछे रह गई। जिसको जन्म दिया उसी के नीचे रह गई। दब गई। देखते ही देखते सूरज ने सारे जहाँ का कार्यक्रम अपने

हाथों में ले लिया। कब दोपहर को शाम में परिवर्तित करना है और कब ख़ुद छुपकर शाम को और गहरी करते हुए रात में तब्दील कर देना है ये सारे क़ानून सूरज ही बनाता है। वो भी सरपंच होता है अपने जहाँ का। शायद इन सरपंच जी की भाँति ज़ालिम नहीं।

रिदा और रीमा को स्कूल जाने की जल्दी पड़ी होती थी उनको पढ़ना और खेलना दोनों बहुत प्रिय थे। मगर आज बाप ने हुकुम दे दिया था कि बच्चियाँ घर से बाहर नहीं जाएँगी। मैं देखता हूँ मुझसे कौन मेरी बेटियों को छीनकर ले जा सकता है। जो भी आएगा उसको और बच्चियों को गोली से उड़ाकर अपने को भी मार लूँगा। दोनों माँएँ काँप गईं। बच्चियों को अपनी गोदों में भींच लिया। छुपा लिया अपने झीरे दुपट्टे के आँचल में।

बाहर खटका हुआ। सब चौकन्ने हो गए। बाप भागा अपने कमरे की ओर जहाँ बन्दूक़ रखी थी। माँएँ और दोनों बच्चियाँ भी उसी ओर को दौड़ पड़ीं।

बच्चियों का भाई भागा हुआ आया कि सरपंच जी का आदमी आया है, अब्बूजान आपको सरपंच जी ने बुलाया है।

पंचायत फिर से बैठ गई थी। बाप अपनी रात भर की जागी आँखों, बिखरे बालों, मलगुजे कपड़ों में बन्दूक़ लिये पागलों की तरह भागता हुआ पहुँचा। सरपंच जी के कुछ कहने से पहले हाँफती हुई आवाज़ में ज़ोर से चिल्लाया, "सरपंच जी सुन लीजिए मैं अपनी बेटियों को बलि नहीं चढ़ाने दूँगा। मैं अपने साथ बेटियों को भी मार डालूँगा पर अपने से जुदा नहीं होने दूँगा।"

सरपंच जी ने उससे बैठ जाने को कहा।

आप लोग पापी हैं। आपके नज़दीक प्यार एक शरीर होता है। नारी केवल एक खिलौना होती है। वो जन्म लेती है पुरुषों की सेवा करने, उनके बिस्तर गरम करने, उनकी अय्याशी का साधन बनने, उनके जूते खाने, उनके दिये बच्चे पालने और फिर अगर लड़की है तो जैसे चाहे वैसे ही उसकी बलि दे देने। मैं आप लोगों के संग नहीं बैठूँगा। आप बताइए क्या कहना है आपको?

सरपंच जी उठे और उसकी तरफ़ बढ़े, उसने बन्दूक़ तान ली।

सरपंच जी ने आज जैसे फ़ैसला कर लिया था कि एक ही बार बोलेंगे। उन्होंने हाथ रखकर बन्दूक़ की नाली को नीचे करते हुए कहा, "तुम्हारी बेटियाँ हमारी भी बेटियाँ हैं।" सरपंच के मुँह से उसकी तीसरी पत्नी बोल रही थी, "सरपंच के नाते उनकी रक्षा करना हमारा कर्तव्य है। इस बरसों पुरानी रीत के बारे में फिर से विचार किया जाएगा। हमें भी वक़्त की करवट के साथ बदलना होगा।"

बाप हैरान, बन्दूक़ नीची हो गई, सूरज की गुनगुनी धूप अचानक गीत गाने लगी, हल्की-हल्की हवा सन्नाटे में छेद करने का प्रयास कर रही थी। कोई शब्द नहीं, कोई आवाज़ नहीं, बस बदलाव की दस्तक सुनाई दे रही थी।

वो कौन जा रहा है

उसकी आँखें बन्द हुई जा रही थीं।

पर आज पहली बार अपने हाथों की हथेली खोल दी थी उसने।

बस ज़रा तकलीफ़ से खोली थीं, हमेशा की तरह।

उँगलियाँ अभी भी पूरी तरह सीधी नहीं हो पा रही थीं। हल्का-हल्का कम्पन भी था।

चन्दा ने बग़ैर सर घुमाए आँखों के कोनों से पुतलियों को इधर-उधर घुमाकर देखा कि कोई उसे देख तो नहीं रहा है, और उसने जल्दी से अपना हाथ उसके हाथ में दे दिया। कुछ ऐसा महसूस हुआ कि उसने अपने बर्फ़ीले ठंडे हाथों से उसके हाथ दबाने की कोशिश की। चन्दा के शरीर में झुरझुरी सी आ गई। एक बर्फ़ीली सी लहर पूरे जिस्म में बिजली बनकर कौंध गई। या ख़ुदा इतने ठंडे हाथ इस लू चलती दोपहरिया में!

कमरे में सभी घरवाले मौजूद थे। जैसे ही अमन की तबीयत बिगड़ती बरसाती कीड़ों की तरह हर कमरे से निकल-निकल कर सभी शक्ल दिखाने को चले आते। वरना अधिकतर किसी एक कमरे में जमकर बैठे हुए हँसी-मज़ाक़ में व्यस्त होते और इन्तज़ार रहता कि चन्दा कब सन्देसा भेजेगी कि खाना खाने आ जाएँ सभी परिवार वाले।

चन्दा को सबसे देर में समाचार मिलता कि साहेब जी कि तबीयत बिगड़ने लगी है आप भी आ जाइए।

जैसे बड़ा एहसान किया जाता कि रसोई में घुसी हुई चन्दा को ये समाचार पहुँचा दिया जाता। अढ़ाई साल से इसी प्रकार चन्दा रात-दिन उनका और घरवालों का खाना बनाये जा रही थी। कभी-कभी तो पूरा ससुराल ही अपने बेटे, भाई, देवर और जेठ जी को पूछने आ पहुँचता। बहुत दुख का इज़हार करती और पहले ही से खाना खाकर जाने की सूचना दे दी जाती थी। कम से कम बिरयानी और कोरमा तो होना ही चाहिए। चन्दा दौड़ते-भागते अपने लिए भी मूँग-मसूर की दाल और चावल पका ही लेती। फिर सभी असली घी से तड़का लगी दाल पर भी टूट पड़ते।

आज चन्दा को अपना हाथ अमन के हाथ में देते शर्म आ रही थी। उसके हाथ-एड़ी रगड़ने वाले झाँवे की भाँति खुरदरे हो रहे थे। सारा दिन पकाते-खिलाते बर्तन माँजते ही बीत जाता। हाथों की क्रीम भी रखे-रखे चन्दा के जज़्बात की तरह सूख गई थी। उसे लगाने की फ़ुर्सत ही नहीं मिलती कि क्रीम लगाकर हाथों को थोड़ा तर कर लिया जाए। चन्दा की तो नस-नस में थकान और फ़िक्र समाये जा रही थी, उसकी कल्पनाओं के द्वार जैसे बन्द हो गए थे बिलकुल ठस हो गए थे। पेंटिंग करने का तो समय नहीं मिल पाता था पर कभी-कभी दिल के अरमानों को काग़ज़ पर उतार लिया करती थी।

उसकी कविताओं में हमेशा जीवन का अधूरापन होता, घुटन होती मगर कभी कोई हल न होता, कोई फ़ैसला न होता। अचानक मौत हो जाती उसके अरमानों की। अपनी कविताओं में तरह-तरह से मरती थी वो। जब कभी भी लोगों के बीच कविता पाठ करती तो कमरे में एक चुप्पी सी फैल जाती वाह-वाह के बजाय आह! आह! होती, सभी की आँखों में कुछ प्रश्न होते पर होंठों तक आ-आकर पलट जाते कि अमन जी कहीं बुरा न मान जाएँ क्योंकि ये कहानी होती उन तमाम महिलाओं की जो दिन-रात चक्की के दो

पाटों के बीच पिस रही होतीं एक समाज और दूजे पति महोदय!

क्या सभी पुरुष एक जैसे ही होते हैं? वो ख़ुद ही अपने तर्कों से हार जाती। समीर तो ऐसा नहीं है वह तो प्रेमी के रूप में भी अच्छा था अब तो पति और प्रेमी दोनों है। कैसे हर समय सीमा की आँखों में झाँकता रहता है। कानों में गा-गाकर रस घोलता है। नज़र बचाकर हाथों को पकड़कर चूम लेता है। सीमा लजा जाती है पर बस नहीं चलता कि गले में बाँहें डालकर ज़ोर से लिपट जाए और समीर की मज़बूत बाँहों और चौड़े सीने में खो जाए और बस, ऐसे ही जीवन ठहर जाए, बीत जाए एक युग!

क्या कभी युग बीता भी करते हैं? चन्दा के जीवन के युग में तो जैसे ज़ंग लग गया हो। जीवन एक ही धुरी पर चलते-चलते जैसे एक ही जगह पर चिपक गया हो। ज़ंग अन्दर-अन्दर से तो लोहे को भी गला देता है। चन्दा तो बस एक नाज़ुक सी लड़की थी जब दुल्हन बनकर आई थी। पंजाब गई थी ब्याह होकर। सासू जी ने अपने घर लाकर अपनी मिल्कियत की बोली लगाई थी। पहले दुल्हन का घूँघट उठाकर देखा आशीर्वाद दिया और कुछ काग़ज़ के नोट उसकी गोद में रख दिए और आवाज़ दी मेहमानों को कि आओ और मुँह-दिखाई आरम्भ करो।

सभी मेहमान भूल चुके थे कि अभी ये रस्म भी होनी है। वे लोग तो उन लोगों के बारे में बातें बनाने में लग चुके थे जो वहाँ उपस्थित नहीं थे। इतना जीवंत काम छोड़कर अमन की माताजी ने ऐसा काम कह दिया जिसके लिए सब तैयार नहीं थे, क्योंकि दुल्हन के लिफ़ाफ़े तो आते ही पकड़ा दिए थे! न जाने क्यों डिब्बा-बन्द उपहार लाने पर पाबन्दी क्यों लगा दी गई है। वरना इतना अच्छा होता था जो सामान शादियों में उपहार के रूप में आता उसमें अक्सर चार-चार जर्मन सिल्वर के टी-सेट, शरबत के गिलास और जग के सेट और आठ-दस शालें जिन पर बड़ा-बड़ा पशमीना छपा होता अवश्य ही शामिल होते।

ये सब सामान सासू जी अपने क़ब्ज़े में कर लेतीं और साल भर की तमाम शादियाँ निपट जातीं, पर अब तो कैश देना पड़ता है। आज यहाँ और चपत पड़

रही है। दो-दो बार मुँह-दिखाई करवा रही हैं अमन की अम्माजी। सासू जी ने फिर आवाज़ लगाई कि आओ तुम सब ठीक से शक्ल-सूरत देख लो, तो हम तुम लोगों को दो नाम बताएँगे, तुम सब बताना कि इसमें से कौन सा नाम दुल्हन की शक्ल देखते हुए सूट करेगा। हमारे पंजाब का दस्तूर है कि हम दुल्हन को बुलाने वाला नाम ख़ुद देते हैं।

दुल्हन को फ़ौरन अपनी माँ याद आ गईं। जब उनके लिए पापा ने एल्सेशियन कुतिया मँगवाई थी। पापा ने माँ से कहा था अगर नाम बदलना चाहती हो तो बदल सकती हो क्योंकि ये तो अभी पैदा ही हुई है। माँ ने दो नाम सोचे हुए थे जैकी या लूसी। सबने मिलकर लूसी नाम का फ़ैसला किया और लूसी घरवालों के जीवन का एक अंग बन गई, तो आज उसका भी नामकरण होने वाला है! पर वह तो अपना एक नाम लेकर आई है। उसके प्यारे माँ-बाप का दिया हुआ नाम, ईमान, धर्म! तो क्या आज उसका ईमान डगमगाने जा रहा है? अब वह वैसी नहीं रहेगी जो आई है। उसको बुलाने का नाम सासू जी देंगी जिसकी उसको आदत डालनी होगी। माँ की बेटी से अधिक भाग्यवान तो माँ की कुतिया लूसी थी जिसने अपने एक ही नाम पर अपना पूरा जीवन काट दिया।

वह घूँघट में बैठी अपने भाग्य के फ़ैसले का इन्तज़ार करती रही और घबराहट और गर्मी से पसीना और तेज़ी से बहने लगा। पंखे का रुख़ सासू जी अपनी ओर मोड़कर सुस्ताने बैठ गई थीं क्योंकि उनके अपने ख़ास मेहमान जाल में फँसने को तैयार नहीं थे। सासू जी ने एक बार फिर आवाज़ लगाई तुम लोग सब तैयार रहो मैं दो नाम बोलती हूँ तुम लोग बताओ कौन सा नाम अच्छा है।

सब सतर्क होकर कान खड़े करके बैठ गए। हाँ लोगो सुनो, पर तुम क्या सुनोगे इसकी शक्ल तो तुमने देखी ही नहीं। जैसे नीलाम से पहले चीज़ों का इंस्पेक्शन होता है, फिर बोली लगाई जाती है, सासू जी की सहेलियाँ भागी-भागी आईं, घूँघट उठाया ठोड़ी पकड़कर, मुँह को ज़ोर से ऊँचा किया जैसे बिजली के पंखे को ऊपर-नीचे, आगे-पीछे किया जाता है उसी तरह उसके चेहरे के कोण

बदलती रहीं सहेलियाँ। चेहरा देखा और सासू जी से कहा।

"हाँ बहन, बोलिए क्या नाम देने जा रही हैं अपनी बहू को?"

"अरे बहन, हमने तो दो ही नाम सोचे हैं वरना हमारे यहाँ तो दर्जनों नामों की लिस्ट होती है।"

ईमान की सोच पर लगाकर उड़ी जा रही थी उसने सोचा कि यह अच्छा हुआ जो दो ही नाम हैं। अधिक लम्बी लिस्ट में रामप्यारी, गुलब्या, खैरुन बीबी या दिलरुबा भी हो सकता था क्या भरोसा लूसी या जैकी भी लिस्ट में लगा दिया जाता!

सहेलियाँ जल्दी में थीं कि नाम का फ़ैसला हो और वो अपना बटुआ दबाकर भागें।

"क्या नाम कहा बहन आपने?"

सहेलियों ने सासू जी को उकसाया कि वो उन दो नामों को उगलें किसी तरह।

"तुम्हारे कान बजे हैं क्या? हमने तो कुछ भी नहीं कहा।"

"तो कब कहिएगा बहन, हमको अपने घर भी जाना है।"

"ऐ है तो खाना खाये बिना ही चली जाओगी क्या?"

सासू जी को उम्मीद की किरन नज़र आई कि खाने के ही पैसे बचा लें, आज जो बचेगा वो कल खा लिया जाएगा।

सहेलियाँ वापस जाकर अपनी जगह फिर से बैठ गईं और बाक़ी तो वहीं बैठी राह देखती रहीं कि नाम का नगाड़ा बजे तो वे भी वोट डाल देंगी। न मुँह के पास जाएँगी और न ही मुँह-दिखाई देनी पड़ेगी। सासू जी की ये चालाकी सबकी समझ से बाहर थी कि जब दुल्हन शादी हॉल में स्टेज पर मुँह खोले उनके बेटे के साथ बैठी हुई थी और सब आकर लिफ़ाफ़े जमा करवा रहे थे तो यही तो एक बड़ा सा शौपर लिये शुक्रिया-धन्यवाद मुँह से कहतीं पर नज़र दूसरों के हाथों पर होती कि किसी का लिफ़ाफ़ा रह न जाए। अब यहाँ फिर से नामों का सौदा शुरू कर दिया।

असल में ये सहेलियाँ उनकी क़रीबी थीं इसीलिए वे यहाँ तक लाई गई थीं। और इसीलिए उन पर क़रीबी होने का जज़िया टैक्स लगाया जा रहा था। बिना कारण.! अब सहेलियाँ गर्मी और भूख से परेशान होकर भाग जाना चाह रही थीं। इतने बड़े से आँगन में एक पंखा लगाया गया था जो कभी-कभार बेचारी दुल्हन की ओर होता वरना तो अधिकतर सासू जी अपनी ओर ही रखतीं, क्योंकि अब वे थक गई थीं।

अब ईमान का ईमान डाँवाडोल होने लगा। उसके दिमाग़ में शक और शुबहे की काश्तकारी शुरू हो गई बल्कि ज़मींदारी क्योंकि अमन वडेरे कहलाते थे। इतनी पढ़ी-लिखी लड़की और उससे भी ज़्यादा परिवार का एक-एक व्यक्ति पढ़ा-लिखा। यहाँ तक कि लूसी भी अंग्रेज़ी समझती थी जब माँ कहती थीं 'कम ऑन लूसी' तो भागती हुई आ जाती थी 'गो-अवे लूसी' तो दुम हिलाती दूर जाकर बैठ जाती और माँ की ओर ताकती रहती इस इन्तज़ार में कि 'कम ऑन लूसी' की आवाज़ जैसे ही सुने और माँ के क़दमों में आकर बैठ जाए।

माँ और लूसी अधिक समय तक एक-दूसरे से अलग नहीं रह पाते थे तो फिर माँ ने मुझे क्यों इस परिवार में भेज दिया? जहाँ 'ऐसे-वैसे' लोग हैं जिन्हें समझना असम्भव था ही पर उनसे कैसे बरताव की आशा रखनी होगी, कितनी छोटी तबीयत के हैं ये लोग! शायद इसीलिए वह इस शादी से इनकार कर रही थी, यह तो सच है कि एक लड़की जो माँ-बाप के साथ भारत में बेहतरीन माहौल में जवान हुई। भारतीय संस्कार कूट-कूट कर माँ ने पिला दिए थे वहीं वो अपना जीवन बिताना चाहती थी। यह उसका पैदाइशी हक़ था। उसको अधिकार था अपने जीवन का फ़ैसला आप करने का।

मगर ये गूढ़ बातें वे लोग कैसे समझ सकते हैं जहाँ की हवा भी लेफ़्ट-राइट के बग़ैर न चलती हो। पूरब से आती पुरवैया तो वहीं रह गई जहाँ सब कुछ रह गया। मेरी माँ की सोच कितनी उदार, कितनी दूर तक देखने वाली थी कि उन्होंने बेटों से कह दिया जिसको रहना है यहाँ रहे और जिसको जाना

है वो चला जाए। दो बड़े वाले जिनको अब्बा के बाद अपना उत्तरदायित्व निभाना था वे मज़े से अपना देश, अपने गली-कूचे, अपने खेत-खलिहान अपने यार-दोस्त हद तो अपनी माँ अपना परिवार सब कुछ छोड़ परदेस जा बसे।

दुल्हन जो गर्मी से बेचैन, घूँघट काढ़े सिर झुकाए तख़्त पर बैठी थी। अब तो तख़्त भी चुभने लगा था सासू माँ की बातों की तरह। कितनी अनपढ़ हैं बेचारी। सुना है कि उसे पूरी ससुराल के साथ रहना होगा। जब शादी से पहले यह बात हो रही थी तब उसने ये भी सुना था कि उसके घरवाले कह रहे थे कि अब अमन से कहा जाएगा कि अपने घरवालों को अपने घर से चलता करो। वे लोग अपने घर तशरीफ़ ले जाएँ अब तुम्हारी बीवी तुम्हारे साथ रहेगी। इस बात को याद करके दुल्हन इस समय भी काँप गई कि जिस माँ ने जन्म दिया पाला-पोसा उससे अब घर तशरीफ़ ले जाने को कहा जाए। नहीं-नहीं, मैं ऐसा नहीं होने दूँगी उसने पूरी ईमानदारी से सोचा, पर इस समय गर्मी में गुमसुम और गुमनाम-सी बैठी सासू माँ के राजनीतिक दाँव-पेच सुन रही थी उसे ऐसा महसूस हो रहा था कि उसके अपने घरवाले ठीक ही सोच रहे थे!

कहते हैं माँ-बाप और बच्चे एक-दूसरे का दर्पण होते हैं, तो क्या अमन भी अपनी माँ जैसे ही होंगे! हाँ होंगे! उसने फ़ैसला कर लिया क्योंकि उसके घरवालों को ऐसी बेजोड़ शादी के लिए पीछे पड़कर तैयार कर लेना अनहोनी बात ही लगती है। जिन बहनों-भाइयों ने शादी के बंधन में उसे फँसाया वे सारे अपना प्रेम-विवाह किए बैठे थे मुझ बेचारी को मछली की तरह पवित्र श्वेत शीतल पानी से निकालकर गरम रेत पर दे मारा गया था!

इस समय भी वह गर्मी से उबली पड़ रही है। लाल शिफ़ॉन का दुपट्टा सुनहरे तारों के काम से भरा हुआ उसके चारों ओर लिपटा हुआ। लाल रंग के ब्रोकेड का ग़रारा और लाल शामोज़ का जम्पर। उस पर से लाल कोटी जो जिस्म को कसे गिलाफ़ की तरह जकड़े हुए थी। ऐसट्रोनौट्स की तरह कसी-बँधी

जिस्म से और अपनी सोच से भी बस हवा में उड़ने को तैयार। यह नहीं मालूम कि हवा का रुख़ क्या होगा।

यहाँ आते ही वह अपनी पहचान खो चुकी थी। अभी तक नामकरण भी नहीं हो पाया था क्योंकि सासू माँ और उनकी सहेलियाँ एक-दूसरे को खलने के जाल बिछाने की बाज़ी लगाए बैठी थीं। अभी किसी की हार नहीं हुई थी। हारी तो अपने आपको वह महसूस कर रही थी। अभी आज ही इसी वक़्त उसको अपना सारा जीवन बाइस्कोप में नज़र आ गया जिसमें वह बचपन में माँ से दो छेद वाले पैसे माँगकर देखा करती थी। "देख भाई देख, मक्के का रौज़ा देख, दिल्ली की मस्जिद देख और अट्ठारह मन की धोबन देख।"

उसी धोबन में आज उसको अपना भविष्य दिखाई दे रहा था। बिलकुल वही माहौल था वही बातें थीं। जीवन भी तो एक बाइस्कोप ही तक महदूद रहता है अगर उसको शिक्षा द्वारा न सँवारा जाए। वह इस समय जहाँ बैठी है वहाँ तालीम नाम की किसी चिड़िया ने अपना घोंसला नहीं बनाया। काले अक्षर नाम की कोई चीज़ कभी यहाँ से गुज़री ही नहीं। वरना बेहिसी का यह आलम न होता, ऐसा महसूस हो रहा था जैसे सारा आलम रो रहा था। एक मासूम का जनाज़ा उठ जाने के कारण! कम से कम उसको तो यही महसूस हो रहा था। किसी के विचारों और सोच पर तो ताला नहीं लगाया जा सकता।

शायद दोस्तों से फ़ुर्सत पाकर सर अमन बहादुर ख़ान को अचानक याद आया कि उनकी तो शादी हुई है और एक दुश्मन देश की बिटिया बन्दिनी बनाकर माले-ग़नीमत में ले आई गई है।

दरवाज़े धड़ाधड़ खुलने की आवाज़ें गूँजने लगीं अम्माँ-अम्माँ-अम्माँ कहाँ ग़ायब हो गई हो? अरे इस गर्मी में इतने सारे कपड़ों में लपेटे तुम इस बेचारी ईमान को बग़ैर पंखे के इस चौकी पर बैठाए हुए हो! अरे इस पर कोई गद्दा-वद्दा तो डाल दिया होता। आवाज़ में इतनी गरज थी कि उसको अपने मुलायम बोलने वाले पापा याद आ गए। यहाँ आज अपनी पहली आधी रात जो उसने ससुराल

के सहन में बैठकर गुज़ारी उसी से ईमान ने अपना पूरा भविष्य भाँप लिया था। ज़ोर-ज़ोर से चिल्ला-चिल्लाकर बोलने वाले पतिदेव की हर बात पहले पड़ोसी सुनेंगे, उसके बाद घरवाले! उसे यह भी समझ में आ गया कि कानों में स्थायी तौर से रुई ठूँसकर जीना होगा। और हाँ, ज़बान पर भी ताला लगाए रखना पड़ेगा वरना एक जीवित परकटी चिड़िया का मुर्दा-सा जीवन होगा। अमन शिकारी होगा और सासू माँ मुर्दा शरीर उठाने वाले लोडर का काम करेंगी।

"अम्माँ, उठाओ न ईमान को ए.सी. में ले जाकर बैठाओ।" अमन ने चिल्लाकर और झल्लाकर कहा।

"क्या ईमान-ईमान लगाया हुआ है, वो ईमान है तो क्या हम बे-ईमान हैं? इसको उस नाम से पुकारो जो हमने दिया है।"

"मुझे क्या मालूम तुमने क्या नाम दिया है?"

"भूल गए तुम, इतनी जल्दी मेरी बातें भूलने लगे। अभी दुल्हन ने तुम्हारे कमरे में क़दम भी नहीं रखा और तुम बन गए उसके ग़ुलाम!"

"अम्माँ, तुम क्या बकती रहती हो। जो मुँह में आता है उगल देती हो!"

"क्या तुमने मुझसे नाम बताया था?"

"बताया ही होगा!"

"क्या नाम रखा है?"

"जब तक दुल्हन बनकर नहीं आई थी तो 'चन्दा' सोचा था अब सोचती हूँ 'चाँदनी' चलेगा!"

"बस 'चन्दा' ठीक है।" अमन ने ज़ोर से चिल्लाते हुए फ़ैसला सुना दिया।"

इतनी करख़्त आवाज़ें थीं कि ईमान को चन्दा या चाँदनी कोई नाम भी उन लोगों की आवाज़ में अच्छा नहीं लग रहा था। सबसे अच्छा तो ईमान का अपना नाम ही है जो उसके किरदार को बताता है। चन्दा तो चेहरे को बताता है। चेहरा तो उम्र के साथ बदलता रहता है। अगर चन्दा नाम सासू माँ का होता तो आज उनकी उम्र और उनके मिज़ाज के साथ कितना भोंड़ा लगता!

मगर अब क्या हो सकता है जो हो रहा है होने देने ही में अक्लमन्दी है। समय कट ही जाता है। एक समय होता है जो घड़ी देख-देखकर काटा जाता है जिसके ख़त्म होने की प्रतीक्षा की जाती है। और दूसरा समय होता है जिसके ख़त्म होने के बाद मुँह से निकलता है, "अरे समय ख़त्म हो गया, पता ही नहीं चला।"

शादी के बाद ईमान का समय काटे नहीं कटता था। अमन तो आठ बजे उठकर दो सिगरेट बिस्तर ही में पीते और बाक़ी दो बाथरूम में। चन्दा को सिगरेट से एलर्जी थी। साँस फूलने सा लगता था। नाक सूख जाती थी आँखों से आँसू बहने लगते थे। कभी-कभी छुट्टी के दिन अगर चन्दा अपनी नींद पूरी करने के कारण, अमन से कहती, "प्लीज़ आप बाथरूम में जाकर पी लीजिए" तो जवाब मिलता—

"मैं मेहनत करता हूँ, कमाता मैं हूँ तो मुझे इतना भी हक़ नहीं कि मैं अपने बिस्तर में आराम से बैठकर सिगरेट पी सकूँ! आपको परेशानी होती है तो दूसरे कमरे में जाकर सो जाइए।"

"हर कमरा तो भरा हुआ है किस वाले में जाऊँ?"

"अम्मा के कमरे में या ड्राइंग रूम में।"

यह जवाब होता एक नई-नवेली दुल्हन के लिए।

ईमान को चन्दा बनकर चन्द्रमा के सारे दुख झेलने पड़ते। जैसे चाँद-सूरज की रोशनी से अपनी रोशनी खो देता है काली अँधेरी रातों में वो भी प्रतीक्षा करता है सूर्य देवता के उदय होने का कि जीवन में उजाला तो हो जाएगा। चन्दा को भी अमन ही के पीछे-पीछे रहना पड़ता उनकी दी हुई रोशनी की आस में। उसको मालूम नहीं था कि उसने निकाह के जो हस्ताक्षर किए हैं वो ग़ुलामी लिख दी है पतिदेव के नाम और काग़ज़ का वो टुकड़ा भी उन्हीं के क़ब्ज़े में दे दिया गया था।

इस पढ़ी-लिखी लड़की को सामान की गठरी की तरह अपने निकाहनामे समेत अमन को सौंप दिया गया था। वह अब जैसे चाहे उसे बरते, अमन भी

पूरे उतर रहे थे नए युग में पुराने युग की मिसाल पर जो कि अधिकतर बच्चों के लिए बोली जाती है कि 'खिलाओ सोने का निवाला देखो शेर की नज़र से...' क्योंकि चन्दा पूरी ससुराल में सबसे छोटी थी तो सभी जन शेर की नज़र से देखते थे। खाना वही पका-पकाकर सबको खिलाती थी।

अमन के मित्र उससे काफ़ी जलते और कभी-कभी चोट मारने से बाज़ न आते कि "यार अमन, तूने लम्बा हाथ मारा है। इतनी छोटी लड़की से शादी करके मज़े कर रहा है। किसी को क्या मालूम कि छोटी लड़की कितने मज़े कर रही है। मगर समाज को लड़कियों के मज़े से क्या लेना-देना। मज़े करने का अधिकार तो पुरुषों ही को होता है। लड़कियाँ तो बच्चे जनने की मशीन होती हैं सारी जवानी इन्हीं झमेलों में बीत जाती है।

अमन का नाम ही अमन था। अगर कभी जल्दी घर आ जाते तो सारे परिवार का अमन तहस-नहस हो जाता। बच्चे जो कमरे से निकलकर बाप से मिलने आते, भागते हुए वापस कमरे में घुस जाते। कभी बच्चे पूछते भी कि "माँ, पापा जल्दी क्यों आ जाते हैं? हमको खाँसी आने लगती है पापा के धुएँ से।" चन्दा जल्दी से टोकती, "पापा के सिगरेट के धुएँ से कहते हैं, पापा के धुएँ से नहीं।" चन्दा फ़ौरन ही डर भी जाती कि बच्चे बेचारे क्या समझें पर कहीं इतनी अंधाधुंध सिगरेट पीने से फेफड़े न ख़राब हो जाएँ।

चन्दा सोचती हम भाई-बहनों को पापा का कितना इन्तज़ार रहता था। घर में हर ओर उजाला सा फैल जाता था। पापा मेरी ममी को अपने पास ही बैठा लेते। अगर वो कुछ लाने या चाय का देखने उठना चाहतीं तो पापा कहते नौकर को समझा दो तुम यहीं बैठो। सारे दिन के बाद अभी तो तुमको देखा है। हम तीनों भी आकर पापा के ऊपर बैठ जाते पापा बारी-बारी हम तीनों को प्यार करते, बात करते, अपने नाश्ते में से अपने हाथ से कुछ न कुछ हम तीनों के मुँह में डालते रहते। ममी कहतीं जाओ बच्चो होमवर्क पूरा करो तो पापा जल्दी से कहते अभी थोड़ी देर और मेरे पास बैठे रहने दीजिए। सारे दिन के बाद अभी

तो देखा है अपने प्यारे बच्चों को। ऐसा कीजिए सूप यहीं मँगवा लीजिए यहीं बच्चों के साथ ही पी लेते हैं।

यहाँ तो अमन को जैसे बच्चों से कोई मतलब ही नहीं अक्सर कहते भी हैं, "ज़रा अपने बच्चों को बुलाइएगा।" ऐसा लगता है जैसे वह अकेली ही कहीं से बच्चे उठा लाई हो!

चन्दा को समझ में नहीं आता कि वह अपनी सोच को कैसे लगाम दे और कब तक कल्पनाओं के कोहरे में छुपती रहे और हाँ, शायद छुप-छुप कर ही धुँधली पड़ती जाएगी। काश उसका समीर भी ऐसे ही धुँधला पड़ जाए जिसमें वो अपनी कल्पनाओं को कोई राह दिखा सके।

नहीं-नहीं, मैं ऐसा कभी नहीं चाहूँगी। समीर ही तो मेरा एक सहारा है जीवित रहने का एहसास है। उसके जीवन से चले जाने से तो मैं अधूरी रह जाऊँगी। मगर वो तो एक ऐसा साया है जो मेरे अपने साये से भी अधिक क़रीब रहता है। जिसके अन्दर से सूरज उगता है। ऐसी धूप है जिसकी तपिश चाँद की किरणें बनकर बरसती हैं।

वह चौंक गई, 'चन्दा-चन्दा-चन्दा की चीख़ें सुनाई देने लगीं। सब लोग हमेशा की तरह एअर कंडीशन के चक्कर में अमन के कमरे में जमा थे वहीं से चन्दा-चन्दा की चिल्लाहट भरी आवाज़ें आ रही थीं और चन्दा रसोई की गर्मी में पिघल रही थी। अमन के लिए सूप बना रही थी। गर्मी में गर्म सूप, बेहद गर्म सूप। इस बीमारी में भी अगर गरम सूप से गरम-गरम भाप न निकले तो अमन सूप को सामने से झटके के साथ खिसका देते थे, "बरसों में गरम सूप देना भी नहीं सीखा तुमने?"

उसके कानों में आवाज़ें मद्धिम होकर डूब-सी गईं और वो डोई घुमाते-घुमाते जैसे वहीं बुत बनकर स्थिर हो गई और गरम सूप भी ठंडा होता चला गया बरफ़ की तरह ठंडा।